第二屆台灣房屋親情文學獎作品合集

愛，是我們共同的語言2

聯經編輯部——編

序

瘟疫蔓延，愛亦蔓延

台灣房屋總裁　彭培業

二〇二〇年，台灣房屋與聯合報共同舉辦了第一屆「親情文學獎」，這個溫馨而獨特的徵獎活動，獲得踴躍的迴響，選出了許多感動人心的親情故事。當時序邁入二〇二一年，舉辦第一屆贈獎典禮、籌備第二屆活動之際，襲捲全球的COVID-19亦深深影響台灣，疫情帶來恐慌與阻隔，也使人與人之間的關係備受挑戰，人心惶惶的時刻，親情的力量更顯重要，也教導我們何謂無常與珍惜。於是我們將本屆主題訂為「瘟疫蔓延時」，並進行分組的嘗試，在社會組之外新增了學生組。

選出的作品中：

社會組首獎石尚清的〈貓與阿公不出門〉，以趣味生動的口吻描繪失智阿公的愛貓之情；二獎楊芸文的〈誰來抱奶奶？〉，寫下雇主與受雇者之間無血緣卻產生猶勝親人的情感；三獎邱逸華的〈蜜月旗〉，刻劃疫情圍網之下有情人的相知相守。

而在十名佳作蘇志成〈爸爸的世界〉、陳思齊〈滿室生鄉〉、李山尹〈紙條〉、管美智〈念想〉、陳彥誌〈沙漠玫瑰〉、賴琬蓉〈清潔〉、浩文〈愛．無言〉、陳惠玲〈交換〉、江江〈解謎遊戲〉、王若帆〈收芋頭的一日〉等人的書寫，讓我們看見在翻天地覆的生活步調中，即便有所失去，卻又何嘗不是獲得。

學生組首獎陳鼎銘的〈從外婆家到外公家〉，眞誠可愛地懷想平凡生活的歲月靜好；二獎陳可軒的〈後盾〉，透過一份醫護人員手中不美味的便當，凸顯一個孩子對母親的愛；三獎易沁的〈封鎖〉，以含蓄的母女互動帶出疏離的情感如何在被封鎖的日常中重新找回相互理解的契機。

而在十名佳作劉馨沺〈通風〉、王品崴〈回家〉、簡亞言〈九點四十五〉、魚的腳〈化療〉、林亮語〈無盡的愛〉、葉育伶〈我心中的女戰士〉、李茜芳〈凜冬的號角〉、陳以路〈貓爪痕〉、王上文〈回家〉、李佳怡〈新口罩〉等人的筆下，使我們對同一屋簷底下親情覺醒的歷程心有戚戚焉。

非常感謝社會組初複審委員朱國珍、吳妮民、何致和、凌明玉、高翊峰、陳栢青、許榮哲、劉淑慧（以下姓名皆按筆畫順序），學生組初複審委員陳又津、楊隸亞、蕭詒徽、謝凱特，在極短時間內審閱大量稿件；以及社會組決審委員向陽、徐國能、焦桐、廖玉蕙、鍾文音，學生組決審委員李欣倫、凌性傑、張輝誠、鍾怡雯、蔡逸君，爲我們選出如此精彩的作品。也感謝聯副與聯經出版公司，把這些扣人心弦的文章整理出版，相信往後回頭看，這些作品都具有十分重要的時代意義。

請容我借用決審委員、作家張輝誠在評審意見中提及的一句話：「在艱困的大環境中刻寫一幢堅定不搖的房子，在心中。」瘟疫蔓延，愛亦蔓延，願疫情早日褪去，衆人平安。

目次

學生組

社會組

首獎

貓與阿公不出門

石尚清

圖／陳佳蕙

得主簡介

台中出生的宜蘭人女兒，住過花蓮台北廈門上海等地，最眷戀的還是家裡有貓的沙發。酗文字，文案人部分曾任電台廣告文案、上海的地產廣告文案等；文學人部分曾獲得幾個小說及散文文學獎。創作是癮，此生無勒戒打算。

咪咪又蹺家了。

咪咪蹺家不打緊，因爲牠只在連棟鄰居的二樓半屋頂走來走去，睥睨一下曾跟牠一樣的街貓；但麻煩的是，咪咪蹺家，阿公就會出門；更麻煩的是，出了門的阿公常常忘記戴口罩，更忘記回家的路。

八十五歲的阿公總忘記孫子孫女們的名字，也常混淆兒子女兒們的暱稱，但是咪咪的名字他倒是沒忘記過，六七年前，孫女從水溝撈起的咪咪，髒兮兮地像隻溝鼠，那時阿公聲音還宏亮，嚷著要把貓跟孫女一起丟出去，沒想到後來是他常常把自己搞丟了。

以前的阿公很宅，愛串門子的阿嬤「四界趖」，阿公就窩在家裡看電視、種花、剪松樹。睡著的貓跟醒著的貓是不同貓格，睡貓喜歡窩在人懷裡，長日漫漫，阿公的大腿沒多久就淪陷成咪咪的。醒貓卻覷著空從紗窗、氣窗、陽台……偷跑出去，家人防不勝防。失智前的阿公醒得少，沒事就打盹，不會發現咪咪漂撇的夜生活；失智後的阿公睡得少，抱著貓在沙發一坐大半天，不知道是他看電視還是電視看他。但是咪咪在家，阿公就在家，咪咪不在，懷裡空蕩蕩的阿公就會出去找貓。

不巧的是咪咪這次沿著屋頂跳到後面的防火巷裡，一時跳不出來，就神經大條地在雜物堆裡睡起覺來，阿公卻沒轉彎，越過角間不知走到哪裡去了。疫情嚴重前，阿公走失了會有好心人送他回來；疫情嚴重時，忘記戴口罩的歐吉桑沒人敢接近。

一家子大小在附近找阿公，最後在幾公里外的一個出租停車場裡的樹蔭下，走累的阿公坐在車子旁邊的空心磚上，縮得像隻貓。媳婦一時間不知該先遞上口罩還是先遞上水。恍惚的阿公抬頭見到家人，認應該是認得的，但是他開口問的第一句話是：咪咪勒？

防疫期間不得已，找回來的貓和阿公，和電視暫時住到套房去，有電視的阿公很安心，他的小房間裡裝著全世界；有貓的阿公更安心了，抱貓看電視連房門都不太需要踏出去，吃飯時有人用托盤送進房宛若旅館，吃飽全家擠到套房裡陪阿公看電視，貓變成大家的貓輪流抱。

只有出不了門的咪咪，時常抗議地喵喵叫，阿公以爲貓在叫他，就會開心地回應：喂！

評審意見

一篇很有創意的小品。作者寫小貓「咪咪」和「阿公」之間的關係，「咪咪在家，阿公就在家，咪咪不在，懷裡空蕩蕩的阿公就會出去找貓」，簡單幾筆，寫盡深情。中段寫失智的阿公爲了找咪咪迷了路，家人找到阿公，他第一句話是「咪咪勒？」同樣動人。小品的精彩之處在末段，因爲防疫期間，阿公與貓共處一室，出不了門的咪咪「時常抗議地喵喵叫」，阿公以爲貓在叫他，「就會開心地回應：喂！」嘎然而止，諧趣而又細膩地寫出阿公的愛貓之情。——向陽

得獎感言

疫情最嚴峻那陣子，我對家人說：現在這樣每天守著電視看疫情報告，像不像昭和時期躲在防空洞聽收音機？

瘟疫予人末日情境，但因禁感的另外一面，卻是慶幸和家人守在一起。

瘟疫蔓延時，也是珍重相聚時。

願大家都平安。

二獎

誰來抱奶奶？

楊芸文

圖／喜花如

得主簡介

台灣大學外文系畢業，曾任職於銀行多年，亦曾投身翻譯及兒童服務等工作。喜歡說故事以及和小朋友玩耍；擅長發想各種小遊戲，逗小孩開心。

今天，終於輪到阿敦打疫苗。

餵奶奶吃過早點，接著完成了如廁大事，阿敦將奶奶抱回床上，由外子接手照顧。她這才換上外出的長裙，圍著大紅的頭巾，和我一起出門。

阿敦身高不及五呎，來到我家，每天使力將奶奶抱上抱下，奶奶卻屢屢抓她、咬她。我們必須常常幫奶奶修剪指甲，並叮嚀阿敦，移位前先幫奶奶戴上手套。

打完疫苗，需觀察十五分鐘。我們找到一處長椅，並肩坐下。

阿敦點開手機，給我看她印尼家裡新買的傢俱。

「這些都是我買的，」她說：「我還買了兩塊田。」

「弟弟和妹妹都不用工作，不像我、好辛苦。」她絮絮地述說著委屈，「妹妹的老公在 Korea 工作，給她好多錢；我十五歲就結婚，兩個老公都對我不好。」

阿敦與兩任丈夫共生了三個孩子，初到我家時，與第二任丈夫所生的一對兒女都還十分年幼。六年來，她只回鄉過一次，傳來的照片裡，兩個赤足的孩子，一左一右牽著阿敦的手，羞澀地瞪著鏡頭。

「伊萊和艾娃天天催我：『媽媽、媽媽，妳明年一月一定要回來喔！』」阿敦和我們的合約，三個月後即將期滿。孩子在印尼聲聲呼喚，她說，期滿之後，她想回家了。

可是，在台灣，阿敦也有個老孩子啊！每天，抱奶奶上床前，阿敦總會用一隻手環住奶奶的肩膀，撐著老人家在床沿坐一會兒，早已退化爲幼兒般的奶奶，常常將頭埋在阿敦溫暖的乳房間，喃喃地喚著：「媽媽、媽媽。」

疫情到達高峰時，我給了阿敦一個信封，裡面有一筆錢，若是我們夫婦不幸染疫或被隔離，阿敦應可用這些錢，獨立照顧自己和奶奶一段日子。可是，萬一病倒的是阿敦，兩地兩家人又該如何是好？夜深人靜時，我常因此難以成眠。

快到家了，我叮嚀阿敦，剛打完針、手臂疼痛，暫時不要抱奶奶，在床上餵食就好。等我換好衣服下樓時，阿敦卻已將奶奶抱到輪椅上，準備用餐。她一邊替奶奶圍上圍兜，一邊用半生不熟的國語，碎碎地唸著：

「阿敦捨不得奶奈。先生和太太都快七十歲了，抱不動奶奈。如果阿敦回去印尼，誰來抱奶奈、餵奶奈吃飯唷？」

評審意見

這篇作品可說是後疫情時代微縮在雇主與看護之間的感情凝視，沒有常見的文化隔閡，而是更多的同理心，看見一個陌生人如何在疫情時代變成親人。多數這類文章寫到印尼看護多半寫的是彼此適應的過程，這篇卻以眞切而樸實的筆調寫出一種深情的觀照，尤其是雇主竟因擔心疫情不知誰會先走而擔心種種，結尾視角轉變，以看護之後不得不返鄉而萌生的喟嘆：「誰來抱奶奈（奶）」作結，讓我感到邊界的消失，愛的融合。原來最親的陌生人可能是來自照顧長輩晚景的他者啊！——鍾文音

得獎感言

年近七十，書寫只是爲了好玩，不敢奢望獲獎。收到得獎通知，喜出望外之餘，最擔心的是從來沒有寫過得獎感言。

這是一個再平凡不過的故事，希望它能帶給和我一樣的高齡照顧者些許鼓舞與安慰。我們都是「高年級實習生」，在照顧父母的過程中，逐漸學會接納父母的殘病與自己的力不從心。感謝這六年來，有一位來自異鄉的女孩，扛起了我們大部分的體力重擔，成了我們最親密也依賴至深的家人！

三獎

蜜月旗

邱逸華

圖／ Betty est Partout

得主簡介

執教爲業，自許爲文學的信徒。執迷於創作，僥倖得過幾個詩獎。遣詞用字典雅外，喜自鑄新辭，追尋言外之意；風格寫實，常從親情、愛情、女性議題、弱勢族群生存困境等面向出發，細心探查城市生活的深沉與虛無。

這個大病初癒的女孩——即將進駐我身分證配偶欄的高貴女王，安坐在這個二十五坪大的豪宅裡，擘畫著即位前的各種儀式與幸福的細節——儘管才剛取消婚宴訂位，婚禮也從原本推演的公開儀式改爲預約公證，卻不見她有被剝奪權勢的那種失落神情。

「疫情時期，對所有的關係都是考驗。或許上天更眷顧我們，在世界隨時可能崩坍的時候，教會我們勇敢展示對彼此的愛……」，這是巨蟹座的天眞嗎？抑或是荒涼時局下的末世告白？好不容易我才等到她出院，熬過漫長的復原期，並走出肺炎的陰霾，她的這一番話不由得讓我的耳根熱了，眼底潮濕。是了，從此之後，我們將從兩個孤獨國的主人變成至親聯盟；也許之後還會有叛逆的子民闖入，讓這個王國越來越活潑……。

總是認眞生活並且酷愛旅遊的她，特地在臥室裡預留一面牆，貼上訂製的高解析度世界地圖壁紙。躺在床上，就能對著這尺幅千里，馳騁無垠想像。她用油性筆在臨幸過的領土上插旗，寫下令人難忘的眉批：「下海的日子苦鹹，卻美得冒泡」——二〇一八年曬傷的馬爾地夫；「幸福的一天從湯飯和屁速列車開始」——懷念二〇一七年的釜山；「美食天堂裡，穆斯林的女人沒有愛情」——二〇一六年胖胖的檳城……。

「那麼我們的蜜月旗插在哪裡？」她狡黠地探問。「請在這幅地圖上任意標出A、B兩點，連成的那一條路線，就是我們即將征討的夢想性感帶……」聞言她大笑不止。聽見這忍不住的笑聲竟有種踏實感，我再次確定她已經準備好，從愛人升等爲我的家人，而且必定是我最親密的靈魂伴侶。

「我看你是在占我便宜，明明知道疫情期間出不了國，就這麼亂開支票……和那些因疫情而被迫遠隔的親人相比，能在屬於我們的島嶼上同看日升月落，這怎不是天地不言的祝福？」就在她佯裝惱怒實則溫暖的訓示下，我們將地圖上小到幾乎看不見的台灣放大，異口同聲地說：「請在島上標出你的G點！」清澈笑聲中，鵝黃燈光下，她的側臉迷濛成月光，而月光中有溫柔的水痕閃動。

評審意見

這是一篇非常美麗的愛情故事，以新婚的「蜜月」，雙關「疫情期」，敘述在一對愛侶在婚前對蜜月充滿想像，但卻困於疫情無法成行。沉浸在愛情中的情人以樂觀的方式看待無法宴客也不能出國的遺憾。但只要有愛情，哪裡不是最適合的蜜月地點呢？全篇輕鬆幽默之中卻帶有深深的情感，鼓舞每個人在疫情中，放下對於諸多不便或計畫被打亂的煩惱，而享有溫馨的當下。全文筆調從容，文字優美，是一篇溫暖的好作品。——徐國能

得獎感言

執筆的此刻，疫情又有升溫之勢。面對疾病的恐慌、生活方式的內縮，都迫使我們重新思考人我之間的關係，以及對未來的想像。這篇文章的創作素材來自於我認識的一對小夫妻，他們的婚戀正是在疫情期間展開，卻因染疫、婚禮延期、喜宴取消等各種挑戰，而讓彼此的感情更穩固堅強。從愛情到親情，從患病到康復，從跨國旅行到島內相守……他們的經歷正是這個疫時代的縮影，也讓我們看見無悽無怨，溫柔的「順應」與「珍惜」。

佳作

爸爸的世界

蘇志成

圖／swawa

得主簡介

國貿人，因工作需要，過去時常往返兩岸三地。
102 年兒子出生後，家裡的大少爺換人做，昔日紈袴、終日等人奉待的土阿舍，已然降職為人父。
時光荏苒，養兒 7 年，跌跌撞撞、挺肚揮汗，終錘鍊成「天下武功，為父都會」，的鋼鐵奶爸。奶爸心弦為子解嚴，情感如同野馬脫韁，於是開始記錄生活，藉文字拭淚，一拭，成癮。

電梯牆上一張不尋常的公告：

「即日起，下午四點到六點為社區兒童室內運動時間，住户請避開該時段休息，以免受擾……」

外面的世界當機了，明明有太陽，卻過得像是不見天日，幾個星期下來，孩子們的心情被鎖得跟膚色一樣蒼白。我站在這個曾經是兒子最喜愛的公園，去年也是這樣的好天氣，兒子卡在三米高的攀岩壁上，四肢大開像隻迷途的蜘蛛遇到三叉路口，不知往那裡前進？

我跟兒子說，攀岩就像你學下棋一樣啊，必須先想好下一步、再下一步，一步一步都想好了，才能開始攻頂。兒子重新面對高牆，神情認眞地用小手在空中點著牆上零亂四布的彩色岩椿比劃，他已經找到那塊關鍵的支點，就等明天再表演一次身手給媽媽看。

明天過後，世界變了樣。公園被判死，兒童遊戲區，被一圈圈黃色膠帶裹成廢墟。疫情，封住了兒子的世界，兒子臉上的醫療級淡綠色面甲，封住了爸爸的世界。像果園裡包著套袋成長的蘋果，我再也不能時時戀著他的稚顏，深怕一轉眼，又長大了，而錯過他此刻的模樣……。

在客廳，我教兒子用左手的拇指和食指勾住橡皮筋後一節一節傳承，將它交接成辮。兒子的小手指撐不實大直徑的橡皮筋，節與節要串起來的那個關鍵動作，一直滑落。我跟兒子說，攀岩跟編橡皮筋，都要靠手指的力量，雙手不全是用力就好，也要學會放輕。

我用兩瓶礦泉水，在地板將長辮拉直架起，讓兒子像百米跨欄似地飛身跳越。兒子喜笑顏開，額前的小瀏海隨著身形不停的起飛、降落而飄揚，本來就長的睫毛重新綻放，笑成月牙的雙眼激射出清澈的星光，調皮地不停在水瓶下疊厚書本挑戰新的高度，神氣十足更甚疫前模樣……爸爸的世界回來了。

媽媽聞聲，走出廚房，也童心大起，搶著要玩：

「跳高都是腿長的女生最厲害啦，你跟爸爸拉起來，媽媽表演給你看！」

愛妻的抬腿明顯不比當年，落地時的撼動，讓桌上水杯掀起一陣漣漪。雖不忍卒睹，但一個晚上下來，母子倆體力放盡，洗完澡，已經乖乖自動上床睡覺。意外地，讓我掙得了一段耳根清淨的寧靜夜。

評審意見

疫情讓外面的世界當機，好不容易悉心教會兒子的攀岩身手尚未展示，公園的兒童遊樂區已被重重膠帶裹成廢墟；幸而又在屋內客廳尋得另一方陽光，以學會編橡皮筋成繩索取而代之，兩人攀岩翻成三人跳繩，獨樂不如眾樂。疫情當前，與其束手喟嘆或就擒，不如放輕鬆另謀出路。遊戲如是，生活又何嘗不是如此！正所謂：「轉念即菩提」。寫母親「大人者不失其赤子之心」的不認輸趣味，幽默且富涵生活哲理。——廖玉蕙

得獎感言

我是寫作的素人，能得此殊榮，首要感謝的是生命中的兩位導師。

先是羅老師看到我在LINE上分享的心情小品，鼓勵我把片段、零散的短文寫成散文記錄生活，並指導我該怎麼善用文字，讓心情在文章中自然地流露。之後，陳老師不吝分享經驗，一直幫我注足信心，建議我參加文學獎，試著從過程中來得到更多的肯定。

其實在寫作的同時，爲了詢問一些往事的細節，我與家人多了很多的話題與互動。文章尚未投稿，親情已經升溫，早就未戰先勝……。

佳作

滿室生鄉

陳思齊

圖／PPAN

得主簡介

高中國文老師，喜歡用故事說想法，夢想是寫出能拍電影的劇本。

「啊，我忘了⋯⋯」坐在車上，我突然想起。

「怎麼了？」爸爸問。

「沒事，算了。」

我忘了把畫撕掉。

十五天前，我入住了檢疫旅館。結束國外工作，考慮許久，還是決定回來台灣，畢竟這是個過水越洋也難有遊興的年代。旅館房間設備一應俱全，被褥棉軟，頻道齊全，只是空間侷促，電視前區勉強能讓我左右來回踏跳鄭多燕，其餘僅容通行。

前兩日，在調整時差與惺忪之間度過。有時候跟老爸視訊，還是那件道路標線黃夾克，我說不知道那幾盆多肉植物怎樣了，鏡頭就轉到陽台上，它們喜孜孜地炫耀滿身的夕陽，好想捏上一把。

我懷疑空調壞了，第四天開始，總不住地發抖。二十六調到二十八，好像沒什麼差別。運動起來，流完一身汗，更冷了。我有一個非常幼年時的印象，我躺在家中床上，不住地發抖；母親在床邊，就像所有國中生作文裡能看到的那段敍述：爲我量體溫、擦汗、餵水，徹夜未眠。這股冷澈，正在重現。

第六天，除了溫度問題，我還擔心起工作問題。求職資訊開了又刪，加上西邊廂傳來的菸味、東邊廂突發的咆哮，焦慮的汁液從浴缸滿出，浸滿整間內室。我攀上氣窗，艱難地伸出手，卻只能搆得一小塊陽光。啊，暖。

我請外送買來畫筆與畫紙，起初我畫太陽，畫好就上牆，但加到五顆仍沒有起色。思索其他能發熱的物件，於是，冒著熱氣的老家廚房，午後陽台，一一回到我的視野。我覺得舒服多了。第八天，我把母親畫出來，貼在床邊燈下。從我成年後，母親正式離開了家，只在特定年節保持互動。但她照料我的那個影像，始終淸晰。依靠著對家的想像，迎來了檢疫結束日。

回程，我提起記憶中生病的事情。生病有，驚慌也有，但是，媽媽沒有。

「唉，你生病是三歲的事，但是在你五歲之前，家裡就只有我跟你。」我沉默了一陣子。

「靠邊，爸，靠邊！」

我跳下車，瘋狂奔跑，找到捷運，乘車，奔跑回檢疫旅館。不顧櫃台的詢問，逕自上樓，推開房務，先一步將母親的畫像搶下，撕個稀爛。

不久，老爸也來了。我發現，他身上的夾克不是髒暈，而是柔暖的鵝黃。

評審意見

大凡親情書寫或疾病書寫，多不免沉重感，憂傷，陰鬱。本文布局勻稱，文字簡潔，流暢，輕淡，連對話都是有效的對話，能推動情節向前發展。

處理對母親的情感其實並不溫馨，卻毫無埋怨，只是輕淡地描寫幼年生病時母親在床邊呵護。結尾處，敘述者趕回檢疫旅館，撕下母親的畫像是內心嚴重的衝突點。

其實敘述者三歲，母親即離家，他在檢疫旅館所繪的母親畫像，恐怕只是思念的折射，是對自幼欠缺母愛的矯正。這是在修改記憶。

記憶可能存在著各種各樣的扭曲。記憶像講故事般，是一種重建，比較不是對某件事精確記錄的讀取過程。佛洛伊德假設，記憶是敘述者在充滿期待的幻想中構建（constructed）起來的，就像夢一般，通過隱喻和雙關（pun），將來自不同源頭的因素混合（combines）及濃縮（condenses）起來。——焦桐

得獎感言

因爲防疫，人與人的距離產生改變，既有距離會被拉近，原來沒有的距離也可能被拉開。爲什麼？因爲是人啊。

紙條

佳作

李山尹

圖／蔡侑玲

得主簡介

李山尹（本名李凱珺），1990 年生，新北人。現從事醫療業，巨塔中微不足道的一塊磚。

一份份菜餚用紙碗妥貼裝好，用保鮮膜謹慎封口，小心翼翼堆疊在由紙板撐開分層的塑膠袋裡。形狀不規則的紙條放在最上面，邊緣抽著一絲絲毛躁的纖維，看起來就是從筆記本上匆匆撕下來的，皺巴巴的紙張沾了幾滴油漬，油性筆草草留下了三行字。

「煎鮭魚已加鹽。」

從小到大，每一晚的餐桌上都會有一尾鮮魚。離家後，母親總認爲長期外食的我很少吃魚，每次回家，母親在端上魚的同時總是叨唸「多吃一點」、「你在外面很少吃魚」，我懶得反駁母親，對於用餐這件事情，母親總是大驚小怪。

「龍鬚菜沾胡麻醬，花椰菜沾已調好的醬油。」

在離家之前，有好一陣子，我時常訓斥母親對於營養的配置。對於油脂的份量和蔬菜量總有諸多意見，但母親煮了大半輩子的晚餐，那累積了五十年的慣性，總讓那時候的我感到煩悶厭倦。

「水果均已洗好。」

母親深知我討厭切洗水果，如果她沒處理，我很可能任憑新鮮昂貴的水果日漸腐壞。過去在家的日子，但凡母親分派我處理水果，我總是一拖再拖，直到她無法忍受爲止。

紙條上的吩咐只到這裡，我翻了翻，塑膠袋裡還放著幾包醬料、兩大包白飯和一鍋剝皮辣椒雞湯，這天母親只傳訊息說她寄放東西在管理室，要我記得拿。

因職業的緣故，在瘟疫蔓延的時候，擔心波及年邁父母，我已經許久沒有見到父母親了，一天一天，我默默數算著日子。急診人聲鼎沸，醫院內部卻一片死寂，外頭的日光如此濃稠，濃得流不進玻璃窗，我與盛夏一牆之隔，牆內的空調冷風卻總吹得我頭痛不已。這是黏膩盛夏，白晝分外的長，日子過得好慢，太慢太慢了。

菜餚仍有餘溫，我再次讀了那張紙條。又一次，母親絮絮叨叨地叮嚀該如何用餐，就如同以往那些日子，事無大小，母親好像總是習慣叮嚀些什麼。母親貫徹了對於魚的執著，爲了我調整了蔬菜的烹飪方式，又一次縱容了我不切水果這件事。打開鍋蓋，熱氣襲來，眼鏡起了一層薄霧，辣椒雞湯鮮甜而層次分明，我不禁細想，在細細包裝這些菜餚、瑣瑣碎碎寫下這張紙條的時候，母親究竟在想些什麼呢？

評審意見

敘述者是醫護人員，顧慮自己是高風險職業，疫情蔓延時不敢回家，母親遂下廚送食物過來，食盒上用紙條註明：煎鮭魚已加鹽，龍鬚菜蘸胡麻醬，水果均已洗好……這些看似瑣碎的叮嚀，都帶著任務，帶著高度節制的情感，結構出文章的完整性。

文中頗描繪了細節，通過這些細節，通過這些具體的紙條，情感才有了依託，也才清楚，實在。具體的情境引起我們「同情地瞭解」（sympathetic understanding），這才是表現喜悅的好文章；這道理如同行爲派心理學家所謂的「條件造成的反射」（conditioned reflex），無微不至又含蓄的母愛，因而盡在不言中。——焦桐

得獎感言

近年很少發表作品，寫出來的東西往往都是些碎屑，我以爲自己大概再也寫不出什麼了，可以獲獎是意外之喜。

生活總是容不下太多眞誠，日子一久，連誠實都需要特別訓練。寫作於我是一片赤誠，每個字都從心底出發。謝謝神的恩賜，給我排列文字的能力，讓我在生活的某些角落，還可以保有眞誠的自己。

謝謝評審的肯定，謝謝每個願意閱讀我的作品的人。

念想

佳作

管美智

圖／林蔡鴻

得主簡介

國立中山大學畢業。
藉由寫作回頭探望過往生命的軌跡，窺見自己內心隱深的情感。

鐵門垮～喇～，發出巨響後緩慢捲開。手中輕微鏽蝕的鑰匙還能轉動讓我嚇了一跳。

老家的客廳，几上的君子蘭謝了僅剩一朵。隨意放置的老人杯，爸剛喝過茶的樣子。

牆上掛鐘是爸刻的。木頭上有個小洞，爸刻了一顆桃子恰好嵌入。爸還刻了「珍惜光陰」四個字，時針走到六會剛好經過桃子。

廚房爐上有鍋湯。

疫情在五月發生，接近端午時節。爸老愛煮一種湯。冬瓜、苦瓜、長豆、茄子和蒲仔，全攪和成一鍋。說是退火，但我從來都不愛。

沿著樓梯上樓，房間棉被未折。有年，不知誰開頭地流行起蠶絲被。苗栗有家老店，手工彈製，要價一萬多元。我老愛笑爸台灣哪用得到這種暖被。脾氣溫儒的爸卻很執拗地說買對了被，就是好睡。

爸到哪了？

確診數字呈倍數上升，才宣布便是三級緊戒。賣場裡採買人潮像大海隨流的魚群，哪裡有光就往光去。手中是要給爸的酒精和口罩。爸總說要活得跟年輕人一樣，挑了黑色印著「Made in Taiwan」字樣口罩，我想爸可以接受。

但爸人到哪了？

我頹然坐在老籐椅上，爸用釘子固定已經掀起的籐絲。籐無味，但怎地卻有一股歲月過的斑駁氣。

吹來一陣風，客廳依舊，只是一直只有我一人。

左邊腦門混沌的悶擊感，撫著頭我慢慢回想。

爸退休後買了座山，原山主種橘子，後來爸又時興種了柿子。柿子橘子都是紅橙了才熟。每年九月到隔年四月，兩甲山總是一片紅橙，帶上綠的葉。一到下午山就起霧，我總會被這朦朧給感動。

後來，來了一場地震。爸擔心山上的狗未食，翻過早已走失的山勢到山上餵狗。半山腰的土地公廟真是小巧，總不見人，卻無論何時都有一縷輕煙上飄。

地震後一年，爸走了。

騙人！我在老籐椅上等著爸。茶溫尚餘，鍋裡湯熱，蠶絲被裡爸爸的氣息淡淡入鼻。

疫情蔓延時回家看望我愛的爸，但怎麼老籐椅變得模糊，和山上泛白的霧一樣摸不著邊際。

懷中稚女輕搖，軟嫩的聲音呼喚，腦門回到現實。

牆上鐘指，清晨約莫五點。彷彿朦朧卻又飄得甚遠。緩回神，由窗隙的光醒來。

原來我做夢了，原來爸已不在。

評審意見

敘事者回到老家，一一檢視各種擺設，父親的茶杯，掛鐘，湯鍋，蠶絲被，籐椅……現場景物疊映著回憶，帶著深情。彷彿茶溫尚存，鍋裡湯熱，蠶絲被裡猶有父親的氣息。卻找不到父親。原來父親已去世，原來是一場夢。

作者的敘述手段輕淡，情感含蓄，節制，卻顯得飽滿，表現令人動容的不捨之情。這種修辭的輕淡策略是精確的，不是模糊的、偶然性的。輕淡的形象具有象徵的價值。如堂吉訶德把長茅戳入風磨葉片，自己也被拉入空中的場面，在塞萬提斯的小說中只用了幾行，然而，這卻是整部小說中最著名的段落之一。

這是一種深思熟慮的輕，經過嚴密思考的輕，而不是輕舉妄動的輕。允爲我心目中的首選。——焦桐

得獎感言

父親是寫作時的第一情感源，在過程裡看見自己原來思念從未減少過。

此次主題「親情——瘟疫蔓延時」一口氣書寫，彷彿父親一直都在。

謝謝父親滿滿的愛豐富了我的人生，也謝謝評審青睞。

沙漠玫瑰

佳作

陳彥誌

圖／紅林

得主簡介

陳彥誌，台大醫學系畢。之前待過大廟，現在是小開業醫。

我和太太曾希望在窗台製造一片綠意。結束一整天的勞累後，回家有發亮屏幕以外的東西可供玩賞注視。

可豐盈的翠綠並非說說便有，需以勤勞照料換取。太太在醫院，朝八晚六；我在診所，一周好幾日夜診。太太返家，常一個人晚餐。晚上接近十點，我下診，她問我今天過得如何。但經過一連數小時的病史詢問、檢查結果說明與口頭衛教，我只想安靜面對遲來的晚餐，橫躺在沙發上，看網紅大啖美食。聽他們閒扯讓我感到放心。沒有重點，也不必擔心遺漏。

逐漸凋黃的似乎不只有植栽。我們將壞死的連盆丟棄，改買耐旱植物。雖不如水分飽滿的嫩葉賞心悅目，但此時的我們更需要一丁點自信。沒有綠手指，總不會連這都搞砸吧。

背負最高期望的是沙漠玫瑰。冬天時不過是光禿的矮胖枝枒，但據說到四、五月，就會綻放鮮紅的花。重點是，它很好養。「兩個禮拜不澆水也不會死」，賣的人如此宣稱。

擺著不管，也不會怎麼樣。我們更有理由不辛勤對待它了。繁花盛開的願景仍在，現實卻是我倆連弄清楚，誰今天已幫盆栽澆過水了的時間都沒有。永遠都有更重要的事該煩惱。我不禁懷疑，一樣的疏於照料，真能招來不一樣的結果嗎？撕去最後一張日曆。五月，沙漠玫瑰依舊沒有開花的跡象。

然後，疫情來了。

三級警戒第一週，我的門診病人少到像是全市的人都已無病無痛。老闆來電：這樣下去也是虧錢。你要不要乾脆放個假？

醫師沒在家上班這回事。我糜爛兩天後決定來研讀食譜，太太再也不用拎著油膩的便當回家。自告奮勇這段期間由我負責澆灌，沙漠玫瑰終於可以免除經歷一陣暴飲後，接連數週的乾旱。查了資料，我興沖沖報告原來之前都忘了施肥。買了磷鉀肥，施於葉面。過了數週，沙漠玫瑰枝繁葉茂，卻依舊不長花苞。但我和太太已不再著急。花期過了就過吧。只要活著，明年又多一件可以期待的事。

三級警戒解除，病人開始回流。老闆問是否恢復夜診，我說自己已回不去以前的生活。

同業聚首，大家怨嘆過去這幾個月不知少賺了多少。隔著隔板，我聞之微笑點頭。

評審意見

疫情期間，最辛苦的就是醫護人員，本文以醫師的觀點出發，醫院業務繁忙，小診所卻生意清淡，暫時歇業的醫師改以製作料理、照顧花木爲日常重心，在另一種生活步調中度過最艱難的時刻，同時也改變了自己對人生的看法。〈沙漠玫瑰〉這篇作品一語雙關，既講述了作者照料的植物，同時也隱喻疫情來臨如一片荒漠，但我們保持樂觀，調整態度，也能在荒漠中盛開美麗的花朵。「只要活者，就有期待」，這是一篇非常鼓舞人心的故事，作者文筆簡約，但傳達的故事卻充滿啟發。——徐國能

得獎感言

謝謝我的太太。她在截稿前一刻發現了這則徵文訊息，叫我趕快投。倉卒成篇，幸運得獎，我心懷感激。希望能挾帶這樣的福氣，繼續平安度過看不見盡頭的疫情。

佳作

清潔

賴琬蓉

圖／蛋妹

得主簡介

賴琬蓉，東海大學中國文學系、台灣師範大學國文教學碩士班畢業，現擔任中學教師。喜歡寫作，期許自己能愈寫愈進步，作品散見報紙副刊。

婆婆決定回收踏步機了。

那是健身風氣未盛的二十年前，大姑們合力所購。不過眾人沒使用幾次，便逐漸擱置，然後任其生塵蒙灰。占據家中一隅的不僅如此，鏽蝕損毀的腳踏車、歐式宮廷風造景池、公園木椅、數張茶几，一件物品承載一段斷代史，即使風格殊異，卻同樣滿載回憶。

但我不在這些回憶裡，是以知曉婚後將同住後，我便協請另一半整理。

「不能丟。」婆婆回覆得果斷明確。

她當然心無懸念，因夫家爲樓中樓格局，婆婆住居樓下，我與丈夫在樓上，而往昔舊物全囤放於高樓客廳。懷念曩昔時，她只要朝上游漫溯便能回返過去。

婆婆常教導不諳家事的我如何打理環境，然而我總以工作忙碌爲由，逃避淸潔眼前層疊的雜亂物件。我專注於其他興趣，企圖分散注意力，像婆婆擺放舊物般，暫且擱淺這些令我不滿的物品與心情。

然而瘟疫來襲，遠距上班促使我與婆婆近距接觸。但尙待化解的疙瘩讓我學會聽聲辨位，錯開每個可能照面的瞬間。有時來不及閃躲，問好後便匆促回房。可是房間已不再能安定我的心，疫情逼使我重新審視生活中每處細節，而那些雜物逐漸刺痛我的眼睛。

在婆婆不願捨棄舊物，丈夫安於現狀的前提下，我以酒精開路，一日一物件，將之挪移進儲物間。然後清潔灑掃，重新布置，樓上於是像被打亮般，日漸散發光彩，足不出戶的鬱悶也隨之稍微消散。

明亮的心情讓我不再抗拒任何與婆婆交會的機會。在幾次與其分享食物後，她忽然靦腆笑說：「妳怎麼對我那麼好。」

此際，我終於憶起剛嫁入時，婆婆常留意我筷箸偏好夾取哪些佳餚，其後那些菜色便以鋪天蓋地之勢反覆現蹤餐桌。我終於發現自己隨意棄置廚櫃的杯盤贈品，而婆婆卻從未動念丟棄。我終於聽到惜物念情的婆婆，居然主動提議回收舊物。

原來婆婆一開始就把我當作一家人了，然而我不是，我沒有給她空間。

同樣的「家與人」，怎麼樣才能成爲「家人」，或許就是時時勤拂拭，清潔掉橫阻其中的陳見，才能看見。
當瘟疫蔓延，閉鎖屋室時，我清潔了環境，以及自己。

評審意見

作者寫婆媳相處之道，由疏離自棄到寬諒圓融的過程。疫情讓空間與人際雙雙變得閉仄，逃不出被圈起的行動空間，躲不過面對面的尷尬無言，無奈之下只好正視、求解。用消毒的酒精開路，灑掃、布置、重整，使得有限的空間變得賞心悅目；而看似挑戰婆婆的衝撞，卻因足不出户的鬱結稍解而有餘裕思前想後，開始願意與婆婆直面相對。從「分食」起始，逐漸開解，進而回憶往日婆婆的善意及今日的退讓。反省過後，各退一步，相互騰出空間，前嫌於是盡釋。作者用切身經驗揭櫫人際疏離自「成見」始的觀念，掌握人際的眉眉角角，有相互靠近的訣竅存焉。——廖玉蕙

得獎感言

謝謝台灣房屋與聯合報辛苦籌辦這項活動，讓我有機會整理出生活所見所感，並謝謝評審老師的評閱與青睞。

那些不知如何說出口的話，藉由落筆爲文，彷彿得以安定。

而寫下的字有人願意讀，並給予鼓勵，眞的是一件很幸福的事。

但讓我更感到幸福的是身邊有一群很棒的家人、朋友與學生。

被喜歡的人圍繞著的每個分秒，就像永恆。

佳作

愛・無言

浩文

圖／無疑亭

得主簡介

本名洪健元，目前任職於國防部，是名職業軍人，從國中畢業後，就接受軍校的薰陶，一路從軍校教育到部隊歷練，迄今也已二十餘年了，在這些日子裡面，家庭與部隊僅能擇一的痛楚，對於這個題目感觸甚深，所以面臨日前家喪，提筆寫了這篇故事與大家分享。

首波新冠肺炎蔓延之際，父親病倒了，高燒不退陷入昏迷被急送往醫院，當我還在電話那頭抱怨母親沒有顧好他，也擔心是否為新冠肺炎確診者？她僅是靜靜地說，「檢查出來了，肺癌後期，嘸效了。之前你阿爸頷頸長了腫塊，系轉移的症頭。」母親用艱澀的語氣強記醫生說的話，難以想像目不識丁的她，能如此獨立且淡然的處理家中的鉅變。

我們在疫情嚴峻下匆匆趕回來，醫院因為疫情縮緊探病的限制，加上年邁父親病況已不堪化療負荷，家庭討論後決定採居家安寧，並隱瞞父親病情，用止痛藥抑制傷痛，用謊言陪伴他走完人生最後一段，父親在家昏睡幾天後醒來，天真以為自己戰勝病毒，每天叼著一根菸，趿著一雙拖鞋，便到街坊鄰居家串著門子。

我們順著父親，笑說他是老當益壯，但在轉身後，又忍不住紅了眼眶，母親則淡然的陪在他的身邊，平靜承受著比誰都還要沉重的壓力，北部的工作，迫使我與姊姊只能輪流請假回來。父親初期還不明所以，過往只有逢年過節才回來的我們，開始頻繁出現在家中，原本限制他抽菸、叮囑注重飲食，現在也都順著他的意，生活過得比以前更愜意，只有體力變差讓他不勝其擾，往往走幾步就需要停下來休息好一陣子，且昏睡時間變長，「系你年歲有了，毋通太操勞，多歇睏。」我們安慰著他，母親無語一旁配合演出。

沒多久，第二波新冠肺炎疫情爆發，人與人開始保持距離，沒地方去的父親併發症狀也陸續出現，先是腫瘤壓迫神經，脖子以下癱瘓，然後四肢關節腫痛、大小便失禁，直到後期連進食都很困難，醫生開的強力止痛藥也無法吞嚥，發現病入膏肓時，無奈已口不能言，張著一雙滿是疑惑的眼，在我看來像是說著「不是已經好了嗎？」

疫情的關係，父親遺體匆匆火葬入殮，祭拜時我們燒著金紙，母親慢慢地拿出一疊父親生前自己偷偷去檢查的病歷單，丟入火堆，娓娓說出，「你阿爸早就知影，是毋想讓咱掛心，才刁工假影輕鬆。」火焰吞噬病歷，竄升的氣流向上捲出一條火龍捲，溢出的黑煙嗆得我們眼淚直流，停不下來。

評審意見

描述在首波新冠期間住院的父親得了癌末，家人說好隱瞞父親病情。於是這個父親天眞以爲無病無災，依然叼菸串門子，後來重病入院，作者寫到父親那無辜而疑惑的眼神，行文至此，以爲此文的高峰，但更高潮是作者寫到父親其實早就知道病情，自己早知病歷。最後父亡，火葬場的火焰吞噬了病歷，非常有力又十分哀傷的收尾。寫出了我們集體的無助徬徨，此文有極短篇的敘述技巧，又有散文的抒情凝視，勾動著閱讀時的心緒與情感。——鍾文音

得獎感言

很開心能獲得肯定，雖然當前疫情嚴峻，但看到所有人都落實防疫，展現島國人生命的韌性，更體認到在愈艱困的時候，愈能感受到生命的可貴，我們不能預知無常何時到來，但能透過認真過好每一天，珍惜自己的生活，也關心周遭的人事物，認眞面對生命的無常，讓每一天過得更有意義。

交換

佳作

陳惠玲

圖／Tai Pera

得主簡介

台大社會工作系畢業，曾獲吾愛吾家散文首獎。

昏黃的路燈下，河濱吹來溫柔的風，你先把自己的腳踏車搬上樓，再咚咚咚跑下樓來，敏捷地扛起我的車，「媽，我幫妳。」變聲中的你說話沙啞。你又長高了，我已經需要抬頭才看得到你的臉。越過這個樓梯，就是自由了，六月天整日待在家，盯著螢幕線上課，悶得很。

全家騎車時的順序一直是爸爸在最前頭，再來是弟弟、你，我壓後。看著你騎車的背影，想起你學會騎腳踏車那天，四歲，我手一放，你就直噗噗的往前。第一次帶你到河濱騎車，七歲，弟弟上幼稚園去了，難得與我獨處的放學午後，你總興奮，前一日就期待著。那天特別租台帥氣的越野腳踏車讓你奔馳，我們一口氣騎了十餘公里，盡情飆速，還約定記下沿途風景，結束時同作首詩。那段時間，我們常常這樣約會，有時是我為了馬拉松練習長跑，你在旁騎著車陪我，累了就停下來，拿出背包裡的書和食物野餐。這幾年，我們比較少這樣騎車了，你的課表已無半天的課，癌症治療的藥物，也讓我的關節難以負荷長路。十二歲時，你隻身背著包包跟著單車團環島，上坡下坡，烈日雨水，獨立堅強。

全家往前，你見我落後了，停下來等我，我要你別等，我能自己慢慢騎。你不願意，怕我會不知騎去哪。最後索性在路旁停下車，把坐墊調低，「媽，我跟你換車，我的比較好騎。」然後坐上我的淑女單車，讓我先行，自己壓後。在這全城警戒，世界彷彿暫停運轉的時空裡，我頓時感覺時間仍默默的推移著，並且在這一刻倏地將十三歲的你和我，位置交換。

我握著車把，上頭彷彿還有餘溫，腳生出更多力氣，車輪真的變輕了。看我速度加快了，「我就說很好騎吧！」你騎到我旁邊，隔著口罩，眼睛瞇成線笑著說。「我們快快地騎過河濱，風眞舒服，好像騎過浪漫的森林。」那笑容跟數年前幼小的你在河濱，想出這詩句時一樣得意。

評審意見

敘述者是罹癌的母親，從母親的視角觀察、領略青少年的兒子，孝順，貼心，獨立，堅強，描寫全家在河濱騎腳踏車，全文最重要的行動（action）在末兩段，體力變弱的母親落在後面，兒子停下來等她，並調低自己的車坐墊，讓媽媽換上較好騎的腳踏車，彷彿跨越了時光，交換照顧者的位置。

「我握著車把，上頭彷彿還有餘溫，腳生出更多力氣，車輪眞的變輕了。」情感節制得相當漂亮，高明之處在寓情於車，令情感更加飽滿，耐人尋味。所謂「情以物興，故義必明雅」，濃厚的感情必須寄託在人、事、物之中，才能有所依附，更加深刻。——焦桐

得獎感言

謝謝台灣房屋和聯合報，謝謝評審。

這篇文紀念疫情中沉悶又美好的，那些親子關係中的微光，

送給孩子和自己，也送給每一位目送孩子背影的父母。

願我們大疫之年，更懂得愛人與被愛，願我們安康。

佳作

解謎遊戲

江江

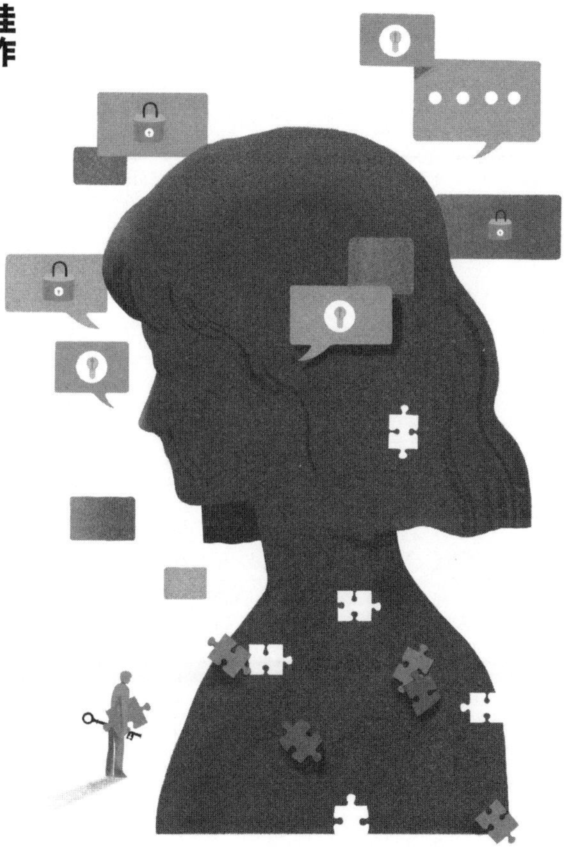

圖／Dofa

得主簡介

江江（本名江馥如），台北人。長期從事在垃圾場當中尋寶的工作。

疫情讓家成了一間生人勿近的密室，裡頭只有母親和我。

返回老家還來不及近鄉情怯，侍親的重擔已一股腦兒壓到我身上。之前只從外傭口中聽聞的病況回報，現在都解壓縮成了我的日常。

廚房傳來規律的聲響，我走近，發現母親正拿著湯勺敲擊洗手台，嘴裡喃喃唸道：「我欲 ue-á。」

我已學會不問爲什麼，徑直打開櫥櫃。裡頭有陶鍋和鐵鍋，我拿出耐摔的鐵鍋，放到母親的面前。

母親的表情像延遲畫面，過一會兒才頑固地重申：「我欲 ue-á。」

「這不是鍋仔嗎？」我的台語不輪轉，但還記得鍋子怎麼講。

「ue-á 予人勍（偸）去矣！」母親開始跟娃兒一樣哭鬧，嚇得我趕緊找出發音或形狀近似鍋仔的東西讓她指認。

母親心滿意足捧著一只碗公，終於安靜了下來。

我想起小時候。

母親在廚房忙進忙出，我則看熱鬧不嫌事大，遊走於危險的廚火和刀具之間。

「拿鱟㪺仔（湯勺）予我。」母親下達指令，將我支開。

我不確定 hāu-khat-á 是什麼，胡亂瞎猜，從櫥櫃撈出個篩子遞給她，母親看了放聲大笑。

她的笑卻成了我的淚。

與孩童的無知不同，長者的失智很難一笑置之，每個錯認的名稱，都是無法討價還價的失去。母親成了一盒散落缺片的拼圖。她的行動詭譎莫測，她的語言層層加密，只留我疲於解謎。

母親仍捧著碗公，宣布等阿妹仔（我）解除隔離回家，她要煮碗麵線蛋幫她開運，阿妹仔說她煮的麵線真好食。

沒想到母親還記得。我老說她的麻油蛋麵線好吃到都可以開店了，有天要跟她學怎麼煮，只是有天總被擺在明天之後。

現在還來得及嗎？

我拿出雞蛋、枸杞、薑和麵線放到流理台上，正遲疑該從何下手，母親利索地取米酒泡枸杞、切薑片、熱鍋。我站在一旁幫襯，只求此刻永駐、不被遺忘。

評審意見

失智和失語之間的對話，切入了食物之間的兩代情。那些微細的日常，轉成維繫的情感，語詞的差異成了感情的拼圖，每個錯認都須解謎，每個加密都須解套，漫長的時光終於理解這是上天賜予母女的「遊戲」，藉由麻油蛋麵線，女兒祈求「此刻永駐，不被遺忘」，讓我瞬間淚光閃閃。——鍾文音

得獎感言

好幾年前，我媽突然打電話到我的工作場所，說她現在在公司門口。我急忙趕到門口，她說不出其他的話，只是喃喃重複她忘記帶鑰匙回不了家。看著她的反常，我很害怕這是失智症的前兆，就算到現在，當時的恐懼仍異常清晰。

佳作

收芋頭的一日

王若帆

圖／黃鼻子

得主簡介

因緣際會來到國境之南的北大武山山腳，還在學習中，生命的關鍵字是「跨」，跨性別、跨族群，漂浮於無數個極端之間永不滿足，飽受流離之苦。但我所嚮往渴慕的那顆星，依然在心中熠熠閃爍。

「芋頭再不收就要爛了，muala，來幫忙。」這日早晨，我正把蛋餅起鍋，kayngu 走進來落下這句話，又推門出去了。

我倉皇吞下早餐，走到工寮，原來芋頭已經裝成一簍簍，媽媽、大姑姑、二姑姑、三姑姑都在，搬來椅凳準備分芋頭。

「kayngu 早上五點就在田裡了，剩一排還沒收。」大姑姑指著遠方，kayngu 的小小身影，彎腰、抬頭、再彎腰。

我穿著夾腳拖，時不時拐到石頭，踉蹌地走進田，原本像傘一樣碩大的芋頭葉，不知什麼時候捲了起來，葉子邊緣焦黃，可憐兮兮的。

「沒下雨，所以變這樣。」然後 kayngu 又安靜了，專心地用尖尖的鋤頭翻鬆芋頭葉周圍，把芋頭挖出來。這可是種了一年多，準備收成的芋頭呀，我知道她心裡有長長的話，只是到口中只剩短短的字。

如雲霄飛車一般的盛夏啊，先是停水，然後跳電，「至少沒有疫情」的話剛出口，就被一日飆到三位數的確診案例堵個嚴實。封城、停課、禁止內用、在家上班，過去只從報紙和新聞上看到的，像是遲早要交的功課，只能一一不情願地補作了。

姑姑們圍成一圈，帶起手套，人手一支小刀開始削芋頭，削掉爛的部分，好的丟進籮筐。姑姑們不時爆出一兩句母語，衆人哄堂大笑，我只能尷尬的陪笑。

「要戴手套，摸芋頭，手會癢。」kayngu突然湊過來看我，她的聲音一樣穩穩地。kayngu的手指抵著刀子，在芋頭上轉動，將爛掉的部分削下來，分不清楚是芋頭皮比較粗糙，還是kayngu黯沉的手。

平常這個時間是見不到姑姑的，姊妹們各自成家後，住在彼此連棟的三間，大姑姑平常跟著姑丈在外面開貨車，二姑姑是護理師，小姑姑會去附近的工廠站生產線，因爲作息不同，也沒機會聚在一起，我突然有種過年的錯覺。

大家的手飛舞著，芋頭越堆越高。「平常媽媽一個人用要做多久啊，」小姑姑嘟囔著。「三級警戒期間……口罩……如果發燒，盡快到醫院……」村辦公處的廣播從遠方傳來，空氣振動，彷彿警報嗡嗡鳴響。大家工作暫停，只是在田裡實在聽不清楚，聲音變得時斷時續，大家側耳聽了一會，然後又繼續一邊手裡的工作，一邊話家常了。

註一：kayngu 為魯凱語的阿嬤，音近「改努」。
註二：muala 為魯凱語的「來」。

評審意見

這是一篇清淡有味，充滿感情的作品，在簡單的文字中，呈現社區家園，女性集體勞作中的感情互動。因爲停水、跳電再加上疫情，原本各自忙於工作的原住民族姊妹反而得以團聚，與母親一起勞動，在採芋頭、削芋頭的過程中，漸次流露對 kayngu（阿嬷）的情感，「她心裡有長長的話，只是到口中只剩短短的字」，欲言又止、難以表達的情懷盡在其中。而篇末村辦公室對防疫行動的廣播，「在田裡實在聽不清楚」，似乎也象徵著在騷亂的世界，她們採芋頭的小小田園，卻反而是一個寧靜、未受汙染的世界，淳美之情，尤爲動人。

——徐國能

得獎感言

〈收芋頭的一日〉源自於一些共同收成與整理的經驗，因為工作忙碌而沒有注意到田裡農作的變化，芋頭早已因為缺水而枯萎，我們卻既不知情也不在乎，在三級警戒的日子裡，卻變成得以喘息的一日早晨，也終於有機會理解，我們的無知無覺，是長輩所關心與心疼的所在。語言的隔閡、生命經驗的落差是課題，我們在每個縫隙中看見並反省，而這是一個記錄。

二〇二二
第二屆台灣房屋親情文學獎
社會組決審紀要

時間：二〇二二年一月十五日上午十點

地點：Google Meet 線上視訊會議

決審委員：向陽、徐國能、焦桐、廖玉蕙、鍾文音

列席：宇文正、王盛弘

侯延卿／記錄整理

第二屆台灣房屋親情文學獎以「瘟疫蔓延時」爲主題，徵求五百至八百字散文，社會組收到三三一件作品參賽，三十四篇進入決審。初、複審委員認爲在字數限制下，親情與疫情的結合其實並不好寫，但這次的作品仍然可以看到許多生活切片，具象化呈現出日常的感受。

整體意見

決審委員共同推舉向陽擔任主席，首先請各評審委員就整體印象發言。

廖玉蕙認為這次入選作品題材多元，由於篇幅限制，必須在規定字數內講出完整的故事，以致許多篇作品內容寫得不錯，卻收尾凌亂。基於疫情已經帶來太多悲傷，因此評選偏好「在疫情中如何活出不一樣的生活」。

鍾文音以「疫一情」形容這次的入選作品，一邊是疫，一邊是情，拼貼為疫情的浮世繪。在事件發生當中書寫，定錨於現在，實況轉播感很強。有些文章平淡而深情，有些很濃烈又帶著苦楚。也有些以輕言重，以輕鬆口吻面對重大變化，是鍾文音比較喜歡的類型。很多篇章可以看到在恐懼與淚水中，疫情被轉成親情，親情又轉成離情。在疫情蔓延時，親情擴張領土，這些作品寫出密室的逃脫與日常。

焦桐提醒，融合親情和疾病的書寫，很容易感情氾濫，濃得化不開，稍不謹慎便流於灑狗血，因此情感的節制相當重要。他的評審標準與一般散文美學一致，首要是敘事流暢；二是有效地將思想、情感結構在一定的形式中；三是文字準確，避免糾纏的修辭。另外，基於這個文學獎是主題徵文，所以作品內容與主題必須自然接軌，不宜刻意把疫情摻入文章裡。

徐國能指出，此時辦這個獎，具有特殊意義。庶民寫作，許多參與者並非專業作家，表現多半樸素自然。主題不脫疫情之下生老病死的生活素描，但也有不一樣的，例如原住民、外籍看護等不同族群對疫情的不同反應，讓我們重新思考自己在生活中如何面對疫情的種種擔憂與不方便，形成不一樣的對照。因爲數百字難以嶄露不同素人作者對文學的理解和寫作的創意，所以很難分出高下。評選著重於作品是否呈現一些特殊層面，能否觸動內心的情感。

向陽將這次的徵文歸納爲三情：親情、疫情、世情（世間的情懷）。總體來看，很多作品寫的是生離死別，生老病死苦。大衆投稿未必需要文學家的文筆，重要的是眞實，因此他的評選標準爲情感眞實、情境眞實、抒情方式也要眞實，避免矯揉造作。

第一輪投票

◎一票作品

〈爸爸的世界〉（廖）

〈滿室生鄉〉（焦）

〈父親的衣櫥〉（鍾）

〈念想〉（焦）

〈若水〉（徐）

〈積水〉（鍾）

〈交換〉（焦）

〈解謎遊戲〉（焦）

〈收芋頭的一日〉（徐）

◎二票作品

〈紙條〉（徐、焦）

〈沙漠玫瑰〉（徐、廖）

〈清潔〉（向、廖）

〈愛．無言〉（向、鍾）

◎三票作品

〈蜜月旗〉（向、徐、廖）

〈誰來抱奶奶？〉（向、廖、鍾）

〈疫情蔓延時——新住民的哀愁〉（向、徐、鍾）

◎四票作品

〈貓與阿公不出門〉（向、焦、廖、鍾）

因評審無意堅持，〈若水〉與〈積水〉遭淘汰。獲得增援的〈念想〉與〈解謎遊戲〉則晉升為二票。

一票作品討論

徐國能在乎作品中的生命經驗所帶來的啟發，〈收芋頭的一日〉以收芋頭的過程反映出不同的生活面貌，不僅有創意，而且面對疫情依然保持樂觀的態度，作者提出了一個很不錯的觀點。

焦桐讚揚〈滿室生鄉〉的一大優點是文字簡潔流暢，且更難能可貴之處在於感情處理相當清淡。越是沉重越要清淡處理，反而能使感情更加飽滿。但鍾文音覺得此篇濃烈，太戲劇化，缺少現實人生的真實性。

另一篇由焦桐挑選的一票作品〈交換〉，相對其他入選作品並沒有很突出，但整體而言還不錯，暫時保留。

〈父親的衣櫥〉在鍾文音看來比較零碎，但最後一段描寫透過監視器看到父親的日常，亡者的影像被留存，非常感人。

在疫情期間，轉換想法是很重要的。廖玉蕙解釋，當外面的世界當機，小孩子不能到戶外遊戲，〈爸爸的世界〉帶大家往屋內發展，反而闔家得以同樂。媽媽跳繩造成的震動，是非常可愛的橋段。全篇洋溢赤子之心，在挫折中依然可以教養出快樂的孩童。

二票作品討論

〈紙條〉

焦桐分析，文學、藝術作品的精彩之處，常在於細節的描繪，在應該表現的地方展開來寫，但不是寫成流水帳。這篇的最大特色卽是細節精彩，且結尾留下餘溫，回味無窮。

相較於其他篇章，大家都希望透過一件事情來告訴讀者一個道理，但這篇不是。徐國能尤其讚賞結尾部分，作者思考母親瑣瑣碎碎在寫這些紙條時，心裡到底在想什麼？對於別人的過度關心或提醒，一般人不外乎感動或厭煩，但此篇跳脫尋常反應，進入另外一個生命，試圖理解和思考對方的行爲動機。其中的飲食書寫也是一項特色，有家的味道。

〈念想〉

焦桐給予這篇極高的評價，情感節制含蓄，情節發展相當精采。以清淡筆觸描寫情感，就像繪畫裡的留白，舉重若輕，雲淡風輕，屬於高難度的技巧。

鍾文音形容此篇如夢似幻，願意放棄〈父親的衣櫥〉，改投這篇一票。

〈沙漠玫瑰〉

廖玉蕙欣賞作者把植物與家庭互動連結在一起的概念。疫前鬆散凋萎的家庭關係如植栽枯黃，就算是不需要用心照顧的沙漠玫瑰也沒有開花的跡象。夫妻關係如果不經營，即使關係仍然存在，感情卻已黯淡。可是過度關心和全無章法，同樣會導致失望。適度關心，勿過度期待，自然會水到渠成。看得出來作者在疫情過後對居家生活有了新的體會。

徐國能從兩個面向觀察疫情帶給醫護人員的生活改變，一方面許多照顧確診者的醫護非常忙碌，另方面因爲大家戴口罩不易感冒，沒病人上門，因此有很多耳鼻喉科診所倒閉。這篇書寫小診所醫生回家做菜、照料植物，在悲觀中重新找回人生，也是一種醫護人員的心聲。

〈清潔〉

廖玉蕙剖析，文中的媳婦剛嫁到夫家時，對環境和人際關係都不適應，逃不出這個空間，卻又因疫情把大家關在一起，不得不面對問題、設法解決。灑掃、布置、重整，可稍解足不出戶的鬱結。空間視覺有了美感之後，人際關係也隨之開展。媳婦原本對婆婆總是抱持閃躲的態度，後來開始回想婆婆的善意。婆媳二人在狹小空間各退一步，反省後前嫌盡釋。改變不是從對方開始，而是由自己開始。這篇的主題是婆媳關係，厭世媳婦從消極逃避慢慢想通如何舒緩在婆家的人際關係，內容頗具意義。

向陽覺得此篇以小事呈現婆媳之間的感情，媳婦後來發現，其實婆婆一開始就把她當作一家人，反而是自己沒有接納婆婆，筆調相當內斂。

〈愛．無言〉

鍾文音表示，此文一開始並沒有特別亮眼，但是後面出現量能，力道逐漸加強。父親在等待死亡，但一直假裝不知道自己時日無多。隱瞞父親病情的家人與準備死亡的父親，彼此都在演戲，最後才知道父親早已知情。結尾燒掉病歷，濃煙中傳達出悲慟心情，將生命中的沉重如實呈現。

向陽對這篇的看法是前面平鋪直敘，沒有刻意的矯飾，結局全盤翻轉，有極短篇的感覺。原本大家都害怕父親知道自己的病情會受不了，隨著劇情發展，才發現其實父親早已了然只是佯裝不知。在火葬場，作者把父親自己去醫院檢查的病歷單丟進火堆，讀來令人鼻酸。

〈**解謎遊戲**〉

焦桐從修辭、結構、情感表現、思想表達著眼，認爲作者有不錯的身手。

媽媽與孩子，一個失智，一個失語，母子雞同鴨講，在溝通上要如何契合？廖玉蕙剖析這篇作品描寫語言和記憶的連結，刻劃解密的不易，同時也觸及語言方面的議題。

三票作品討論

〈**蜜月旗**〉

廖玉蕙最喜歡這一篇！大病初癒即將結婚的新娘，不因現實狙擊而失去光彩，以樂觀的想像突破逆境，以另類方式詮釋人生，將「不如意事十之八九」翻轉成「世界依然美麗」。過程辛苦，但敘述的筆調輕快，在疫情期間尤其需要這種轉換心情的能力。

相較於諸多病苦、死亡的主題，徐國能覺得這篇相當可愛。雖然疫情限制了自由，但是在愛情的包圍之下，還是有許多幸福的想像。

向陽肯定作者的正向心態，以輕鬆的心情面對疫情為結婚、旅行帶來的困擾，行文幽默風趣。

〈疫情蔓延時——新住民的哀愁〉

鍾文音對此篇持保留態度，因為很像創作者假想自己是新住民，許多氾濫的形容詞像是剛學習外語的人不忍割捨詞彙，造成干擾。文字很美，但少了真實的日常細節描述。如果作者不是真的新住民，就放棄這篇。

徐國能也懷疑，如果作者真的是新住民，文字水準遠遠超出一般長期使用中文寫作的人太多。依內容來看，作者還在上中文課，學習部首和寫字，照理說應該無法寫出這麼好的中文作品。如果只是本地寫手模擬新住民的心情，此篇就無可取之處了。細節、處境很傳神，但都是既定的想像，諸如家鄉很貧窮之類的。

廖玉蕙覺得此篇寫得矯情。焦桐則主張不必考慮作者身分，即使小學生來參加這個活動，也不能放鬆評分標準。

經全體委員同意，向陽裁定這一篇不列入投票。

〈誰來抱奶奶？〉

這篇的敍事者七十多歲，本身已屬高齡，請一個陌生人來照顧九十多歲的母親。鍾文音認爲文中的外籍看護太完美，她想返鄉照顧自己的孩子，可是她照顧的老奶奶也是老孩子，讓她放心不下，不知道該怎麼辦。疫情來了，不知誰會先走，雇主留錢給外籍看護，算是這類主題中比較少見的情況。全文平淡而深情，可惜結尾稍弱。

廖玉蕙認爲這篇作品呈現雇主對受雇者的眞心感謝與關照，雙方感情緊密、眞實。目前在台灣的外傭非常多，眞誠對待、關心他們，也是很重要的課題。

向陽補充說明，一般而言，移工文學獎都是移工的視角，這篇則是由雇主的角度來寫。文中透露了雇主對於受雇者的關切，是其動人之處。

由於敍事角度特別，焦桐願意支持這一篇。因爲在文學的描寫裡面，不同的觀看角度會產生不同的效果。此篇文字準確模擬了外傭的語氣，沒有文藝腔。更重要的是雇主與受雇者產生了親情，作者在簡短的篇幅內鋪排得平順自然，毫無生硬之處。

四票作品討論

〈貓與阿公不出門〉

廖玉蕙讚賞這篇寫作手法成熟，以疫情前後及阿公失智前後的生活對照，來描寫疫情的種種變化，非常寫實。整篇都用對照法，中間一場迷路情節收束為交叉點，阿公剛開始想把貓丟出去，後來卻把自己搞丟了。結局是阿公、貓和電視都被收進一間小套房，家人環繞，阿公則環抱著那隻貓。

焦桐也認可這是一篇非常有趣的短文，描寫疫情中的失智長者，敍述夾雜著閩南語，加上一些細節的描繪，生動活潑，刷淡了可能會有的沉重情感。

鍾文音則是在字句中看到童詩的趣味，此文像圖文書或童話繪本，有畫面感，語感充滿動能，阿公的台語也寫得很傳神。阿公因為失智會忘記戴口罩，無人敢接近，很寫實，簡單不說教。結尾貓叫、阿公回應，感情深邃，特別動人。

向陽贊同前面三位委員，簡單陳述這篇的優點在於描述貓與老人之間的情懷，深刻動人。文字很簡單、生活化，加上具有敍述情境的結尾，是一篇溫馨小品。

徐國能坦言看不懂結尾爲什麼要住進套房？阿公又沒出國或遇到確診者，應該不需要被隔離。而且阿公失智，家人應該會注意他外出的問題，爲何放任他自己出去找貓？此處不太合理。不過整體來講，此篇有漫畫般的趣味和幽默感。

第二輪投票

經逐篇討論後，〈父親的衣櫥〉、〈疫情蔓延時——新住民的哀愁〉被放棄，其餘十三篇進入決賽，由每位評審選出心目中的前三名。

投票結果：

〈貓與阿公不出門〉　3票（向、廖、鍾）

〈蜜月旗〉3票（向、徐、廖）
〈誰來抱奶奶？〉2票（向、鍾）
〈紙條〉2票（徐、焦）
〈念想〉2票（焦、鍾）
〈滿室生鄉〉1票（焦）
〈收芋頭的一日〉1票（徐）
〈清潔〉1票（廖）

獲得一票的作品直接列入佳作。接下來再根據支持率較高的五篇投票，第一名五分，依次遞減。

第三輪投票

投票結果：

〈貓與阿公不出門〉 21分（向5、徐3、焦3、廖5、鍾5）
〈蜜月旗〉 14分（向3、徐5、焦1、廖4、鍾1）
〈誰來抱奶奶？〉 14分（向4、徐2、焦2、廖3、鍾3）
〈紙條〉 13分（向2、徐4、焦4、廖1、鍾2）
〈念想〉 13分（向1、徐1、焦5、廖2、鍾4）

由於〈蜜月旗〉和〈誰來抱奶奶？〉兩篇同分，重新對決名次，評審每人一票。

〈蜜月旗〉 3分（向、焦、鍾）

〈誰來抱奶奶？〉　2分（徐、廖）

評選結果

〈貓與阿公不出門〉榮獲首獎。

〈誰來抱奶奶？〉獲得二獎，〈蜜月旗〉爲三獎。

〈爸爸的世界〉、〈滿室生鄉〉、〈紙條〉、〈念想〉、〈沙漠玫瑰〉、〈清潔〉、〈愛·無言〉、〈交換〉、〈解謎遊戲〉、〈收芋頭的一日〉列爲佳作。

學生組

首獎

從外婆家到外公家

陳鼎銘

圖／想樂

得主簡介

秀朗國小畢業，目前爲台北私立東山高級中學高中一年級學生，彈了十年鋼琴和拉了九年小提琴，希望未來能當科學家或做工程師。

因為疫情，半年不能去外公家。

我可以說是由外婆和外公帶大的。

但外婆和外公並不住在一起，所以我有外婆家和外公家。

外婆住中和老家，外公退休後在烏來買了透天厝獨自居住。從小，我跟著外婆在中和與烏來間來回穿梭，超過十五年。期間，外婆家門口的環狀線從宣布興建到建好通車。每每，我和外婆在新店捷運站轉車，坐上往烏來的849公車，山路蜿蜒向上，右側青青山野，左側潺潺溪流，從碧潭開始，轉進青潭堰，然後小粗坑古道、花園新城、文山農場、屈尺社區，外婆會不厭其煩地講給我聽，我也一個個地數地名，數到燕子湖，就表示要到外公家。

燕子湖下了公車，還要走上二十分鐘的鄉間小路才能到外公家。

外婆偶爾會帶上素描簿，教我用彩色鉛筆將花草蝶鳥青山綠水記錄下來。漫步山林，常有驚嚇或驚喜，我曾被竄出的龜殼花嚇哭，也曾發現野生木耳，和外婆興高采烈採回家加菜。不同季節有不同樂趣，三月賞櫻，五月能走在油桐花鋪成的雪白地毯，到九月，油桐果掉滿地，外婆會和我一邊散步一邊踢著油桐籽，比誰踢得遠。

外公家前面有塊荒地，外婆開墾後種了許多菜蔬，我總藉口到菜園子幫忙，其實玩耍，我拔蘿蔔和薑、摘珠蔥和草莓、採蛇瓜絲瓜、扛南瓜冬瓜，也幫外婆抓高麗菜上會長成粉蝶的菜蟲和爬得慢卻吃得快的蝸牛，更認識了很多從市區到郊區租地種菜的都市農夫們，他們年紀大和外公外婆差不多卻充滿活力，讓我更沒有理由偷懶。不忙時，外婆會帶我在附近山澗抓溪哥魚或溪蝦，以及已經少見的大肚魚。有次，灌溉溝渠中發現了美國螯蝦，外婆就自製撈網教我抓蝦，從此又多個好玩又好吃的小確幸，乾淨的水養出乾淨的蝦，外婆會把抓到的螯蝦連殼敲碎燉湯。螯蝦很聰明，會躲石縫裡，徒手或用網都抓不到時，外婆又幫我做綁小魚和蚯蚓的簡易釣竿，並以網埋伏，它們為了吃爬出來時，就一網打盡，這讓我深刻體會到：「好獵人要學會等待。」

疫情時，只能靠種種鮮活回憶，提醒我，生命裡有他們陪伴的美好。

評審意見

這篇小品很短，但不輕薄。作者用789個字敘述了一個完整的故事，敘事節奏掌握得很好，文字乾淨俐落而準確，寫景狀物形象化，對大自然觀察入微，平凡生活中見出美好。文章一開始直入正題：作者跟著外婆住中和老家，外公退休後獨自住烏來，因此他自小跟著外婆兩邊來回。文章前三分之一寫中和到烏來的旅線，錯落有致。後三分之二寫外公家的鄉野生活，敘述季節的轉換、物種的變化。作者多識草木蟲魚，能夠指認各類瓜果。不慍不火的文字寫出對土地，以及外公外婆濃厚的情感。——鍾怡雯

得獎感言

第一次參加文學獎，最初，只是單純地想把和外公外婆的生活點滴記錄下來。

也是在和外婆一起坐上捷運要去看外公的路上，得知獲獎的消息，剛考完期末考，正因爲數學和物理考得不如意而失意，而且大腦還處於一片混沌之中，眞的以爲自己在做夢，直到媽媽幫我連絡確認後，才相信這不是玩笑。

太開心了，外婆和我一樣的開心。

在捷運上，我們甚至不顧他人眼光唱起歌來。

眞的是太開心！

謝謝主辦單位，更謝謝一路陪伴我的外公外婆！

後盾

二獎

陳可軒

圖／陳佳蕙

得主簡介

今年將滿 18 歲的我，一個普通的女高中生，不特別漂亮也不特別活潑，就是一個時而感性、時而浪漫的人。從小就經常跑圖書館，對閱讀的熱愛使我時常忘身於書中，難以抽離。 認爲文字是最有效的靈藥，是生活的一點慰藉。

頭套、腳套及手套將全身裹得密不透風，在炎熱的高溫下還得忍受帶著汗味的悶熱、長時間佩戴口罩和護目鏡面罩所造成的勒痕以及被汗水浸溼的二級防護裝備——這是站在第一線防護人員光榮的印記。

我和同事K都是急診專科醫師，身爲第一線醫護人員，時常忙到連飯都沒有時間吃，好不容易有休息的空檔也只能匆忙地扒個幾口便要回去崗位工作。至於午餐的部分，急診室的同仁通常都是統一叫外面的便當，除了K。

有一次趁著和同門診的醫師換班的空檔，得到了得以暫時喘息的時間，正拿著便當往辦公室走，不經意地往K手上的便當瞥了一眼，只見裡頭裝著一塊焦得發黑的鯖魚、碎得不成樣的炒蛋和明顯煮過頭有些發黃的燙青菜。

「我的便當給你，那個就別吃了吧，皮都焦掉了。」我將自己還沒動過的叉燒便當遞到她眼前。

她搖了搖頭，夾起一口青菜塞進嘴裡，「不了，你自己留著吃吧。雖然賣相是差了點，不過還挺好吃的。」

「這是我女兒做的。」過一會兒，她又補上了一句。

聞言，我立刻想起那個每到中午就拿著便當站在醫院的玻璃門外，紮著俐落馬尾，年紀看起來不到二十的年輕女孩。

女孩爲了在前線奮戰的母親，親自下廚，將充滿關懷、愛與支持的心情注入便當裡，就算菜色多麼粗糙、賣相多麼不吸引人，在母親的眼中這個便當永遠象徵著孩子對自己滿滿的愛。知道自己的媽媽需要站在最前線，在病毒瘋狂肆虐情況下挺身而出，女孩每次都只是簡單地把便當交給K便轉身離去，兩個人幾乎沒說上幾句話。女兒的貼心和善解人意，K心知肚明，充滿感激的將便當全部吞下肚。

因爲她深知自己有了世上最堅強的後盾。

評審意見

全篇以旁觀者的視角，側寫了疫情期間醫護人員的親情，在這次參賽的文章中較爲特殊。作者描述一位急診室的醫護人員，正吃著一份不太美味的便當，言談間才得知這份魚焦黑、菜發黃的便當原來是出自於對方女兒，因而意識到這是第一線防疫人員的家人關愛。最後一句話充分道盡了大疫之年中的動人風景：當醫護人員全力投入防疫，更需仰賴家人作爲強大後盾。——李欣倫

得獎感言

抱著投稿試試看的心情，我將文章打印出來，整疊放進橘黃色的資料袋中，從郵局寄出。由於需繳交紙本而非電子檔，我才能感受到文字是有重量的，他們沉甸甸地躺在我手心，等待被一一審視。

知道自己是學生、還不算大人，自己擁有的優勢並不比那些經歷歲月刷洗的人多。於是，我做了我唯一能做的事，把握每一次能夠被看見的機會，積極投稿。就算石沉大海也沒有關係，失敗爲成功之母。感謝台灣房屋親情文學獎，給予我被看見的機會！

封鎖

三獎

易沁

圖／陳完玲

得主簡介

本名梁心慈，高雄人，瑞祥高中畢業，INTP 人。喜歡推理小說，也喜歡電影。在汲營圖強的圈養與不務正業的祕召間來回踱步，如果可以把研究營養標示的時間拿去寫作，如果每次做夢都能多體驗一種活法。

時隔半年回想起來，城市從未眞正封鎖過。

十五日正午城市陷入另一波警戒，異國媒體播送的紀實影像愈來愈像末日預言。返家後見我母親陷在單人沙發裡頭半躺，頭頸和膝窩各倚著一邊的扶手呈V字，灰混著白的長髮垂墜在扶手上，聽見我的關門聲時她扭了扭頸，特別粗的那幾綹白髮將絨布沙發摩擦得起球。母親沒睜開眼，眼珠在眼皮底下轉了轉，「回家先洗手。」她說。

那刻起確實被城市封鎖在屋子裡了，母親也因學校停課無法再去做志工服務，多數時候她就陷在沙發裡偶爾瞄電視幾眼，聽媒體重複報導相似的數字，反覆睡去然後被火爐的過熱警報聲驚醒，她匆匆起身繞過廚房，自從膝蓋磨損後腳步聲永遠是不規則的那種，「啪——啪啪——啪——」，聲音在抵達門邊後卽止，我不想讓她察覺我發現她了，她用最慢的速度拉開拉門，門板移動卻磨得天花板上的軌道嘰喀作響，喇叭繼續傳來授課語聲，我用力敲打鍵盤在螢幕上擊出幾個無意義的符號試圖掩蓋卻只是徒勞，瞥眼就看到母親半臉露在門縫，我再調高音量，她的視線立刻轉向我未收回旋鈕手勢的手，眼珠交界模糊的那隻眼轉了一圈，我轉過頭雙眼直直盯著她，近似被窺視裸身的羞赧籠罩隨時被點名的焦慮，旋鈕轉到底部的觸感像被門上插銷，用嘈雜的話語聲把自己鎖在裡面，不去看她是否還在那裡。

「你要是沒結婚就是像現在這樣。」吃飯時她只說這句，我繼續咀嚼連帶著想說的話全吞進胃裡，儘管我從未細想那究竟是什麼，卻使勁鎖著喉頭不發出任何聲音，唾液纏著渣滓堆在喉嚨終究按捺不住，「這有什麼不好？」於是一陣愕然，這次換母親張嘴嚼食放大她的咀嚼聲，稀哩呼嚕喝口湯打了飽嗝，依稀記得看過用餐習慣默默體現生活哲學的文章，湯拌飯的人先夾肉的人，獨獨沒有母親這種。

直至警戒結束前最後一日，我像小學時幻想平日裡母親都做些什麼，會有這麼一個午後她陷在沙發裡打盹，或熟練地用腳趾撈起遙控器，我忍不住發笑，彷彿自己才是那個杵在門外的窺客，如果視線還能穿過門縫重合，「回家先洗手。」她說。

評審意見

本文描寫母女居家互動的幾件事——母親一貫窩睡沙發的姿態、重複的防疫叮嚀、窺看女兒動靜及餐桌上關於婚姻的對話，含蓄的情感在母女二人的相互窺視中暗自流動。此外，作者對於「封鎖」有獨特思考，他認爲疫情封鎖了人們的生活日常，但情感卻悄悄突破了封鎖線，那些眼神交會時的焦慮、試圖掩飾尷尬的小動作、相依爲命的孤獨感，最終都在換位擬想中得到理解與修復。作者以洗鍊文筆、細膩文思，寫出疫情中幽微深刻的觀察與體驗。——張輝誠

得獎感言

還是得感謝緣分讓後知後覺的我不再錯過，在最後的三日終於梳理了疫情以來生活的情緒，嘗試以往不曾遇過的筆法與視角，明明只是半年前的其中七日卻陌生地像預言。收到 email 時第一是驚喜，第二是彆扭，當下我媽在廚房煮麻婆豆腐的味道和抽油煙機的聲音蓋過我的大喊。感謝《聯合報．副刊》與台灣房屋讓這個獎項舉辦了第二屆，也十分感謝評審們的肯定，願文字能繼續將我用作載體。

通風

佳作

劉馨沺

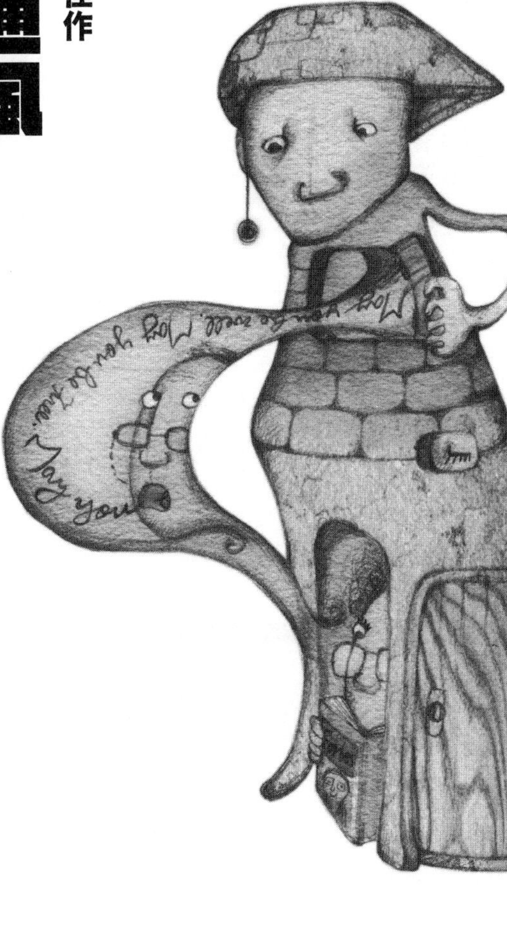

圖／錢錢

得主簡介

2005 年生，現就讀於高雄女中。喜歡歷史、心理學，並以文字梳理情緒，表達內心所思。

在那被稱爲家的住所，門窗被恣意地反覆開關，生理上保持清爽流通，但內心的角落卻總流失了些難以言喻之緒——溫暖和諧的空氣被帶走，留下冷清疏離蔓延各處。

疫情的失守踹開台灣的防線，卻讓家中所有出口被嚴實緊閉。

我凝視著被迫留白的時間表，如同奔馳的快車突然踩下剎車，不免感到一陣頭暈目眩。試圖調節這分不適，終究長嘆一口氣，離開房間走向家中的客廳。

母親在餐桌覽閱財經雜誌，而父親坐在對面收聽收音機的英語廣播，空氣中充斥著洋氣，卻也僅此而已。朝秋橙色沙發的一隅坐下，兩道目光同時朝我聚焦，互道幾句寒暄後，又只剩下異國語言的薰陶。我呆愣著望著四周，最後鎖定在二人身上，悄悄的觀察、凝望。然而，越是這麼看著，心中的詭譎之情便源源不絕地冒出——兩個未知的奇怪生物。

媽媽什麼時候開始看這類雜誌的？爸爸何時決定接觸英文的？那副眼鏡何時換的？而那件衣服在哪買的？湧泉般難以制止的疑問自大腦的表殼內排山倒海衝出，卻未有一個疑問能回答出來。

從前以過人的觀察力自居的我，卻在此時面臨有生之年來首次身分認同危機，何況對象還是我朝夕相處的家人！我緊張得頭皮發麻，內心的冷汗涔涔落下。我深知我並不是眞的一無所知，而是那些種種皆被我當作瑣碎無用的碎片拋之腦後了。名爲記憶之神祕迷霧，見我拿它沒辦法便挑釁的於我面前飄盪。眞恨不得將它捕獲並粗魯拆開，瞧瞧它的眞實模樣。終於我宣布放棄，踏著焦躁的步伐離去。

接連幾日我重複著相同的動作，卻永遠在最終對峙時，不得不繳械投降。我產生滿腹的不甘憤恨——滿屋的陰霾無法排解，因爲沒有通透的出風口。

一周過後我終究忍不住，扭捏的走向父母並用著彆扭不安的口氣詢問：「你們在做什麼？」僅僅只有一瞬，我依舊細緻地察覺熱情澎拜的花火自雙眸乍出。那一刻卽使無任何言語，我也透徹地了悟——是我先選擇冷落這個世界，這個世界才疏遠我。

重新敞開緊閉的門窗，這次我不怕這份溫情會隨著流通的空氣消散，因爲我已尋獲保留它的方法。

評審意見

家是聚合親密關係的空間，原是最熟悉彼此的人們在一起，卻時常活成陌生人。新冠疫情讓人回到家庭生活，外在大環境被封鎖了，家裡的門窗也緊閉著，然而最關鍵的是活在裡頭的一顆心要選擇密閉還是通風？這篇短文把這三個層次的境遇交織，以生活細節鋪陳既近又遠的家庭情感，重新接觸觀察反省彼此的關係，作者嘗試跨出一小步，成功打開有形無形的窗，呼吸新鮮空氣。——蔡逸君

得獎感言

沒想到一日忽然捕捉到的靈感，竟能得到如此殊榮，實在令我又驚又喜。也很感謝藉由此機會，讓我重新去反思與家人情感之親疏，並獲得養分而去滋潤家中的每個人。未來的日子，我也依舊會在文學這塊土地耕耘！

佳作

回家

王品葳

圖／豆寶

得主簡介

就讀於逢甲大學企管系，興趣是彈吉他、寫作、繪圖、烘焙甚至是商學，常常有人說我的興趣太過於廣泛又沒有共通點，但其實我喜歡的事情只有一件。

我喜歡把自己想像中，或感性或理性的一切，化作可以被感受的現實。

「你今年可以回來過年嗎？」

昨天下午收到的訊息，我卻今天才打開通訊軟體，母親怕不是會以爲我又日夜顚倒了，想到她從前趕我去睡覺的表情，我無奈的對著手機笑了出來。

疫情已經逐漸穩定，沒什麼不回家的理由。

應該可以回家吧。

回覆訊息時，思緒卻被方才想像中母親的表情牽動。

就像那首兒歌一樣，我平凡的家庭雖然沒有大廳堂，但冬天溫暖夏天涼。在這樣一個家庭，我值得說嘴的故事似乎只有小時候是如何讓母親一次又一次的傷心。

我從小就很黏母親，卻總是不願意承認。還記得有一次家庭聚會時，聽到當初我不是在母親懷中就不願意抱住奶瓶的事跡，我羞惱的否定了這件事情的可能性，我本以爲母親會跟著打趣我，卻看到她只是微微一笑。

那年我還分不出這究竟是懷念還是失落。

事實上到我高中時，每當遇到挫折，還是會下意識的在母親身邊尋求安全感，所以我知道那個故事一定是眞的。

我會以爲我從沒對母親訴說過感情。

直到有一次出門後，母親才意識到自己忘了帶手機，請我進去幫她拿。我進入她的房間後，卻發現在她的床頭貼著一張泛黃的小卡片，上面用生澀的字跡寫道：「媽媽我愛你。P.S. 這是學校要我們寫的。」

我那時似乎認爲這樣的備註會讓自己不那麼害臊，但今天看到這張卡片，我的感覺大概不如當初想像中好受。

最後我在客廳的桌上找到了母親的手機。當她問我怎麼那麼久時，我卻言不由衷的回道，剛剛順便去了一趟洗手間。

雖然對我來說，這是關於自己讓母親不斷傷心、失望的故事，但也許對她來說並沒有這樣的情緒，畢竟在她眼中我從來沒有坦率過，又何談失望。

「應該可以……」我刪掉了輸入中的訊息。

似乎沒什麼不改變的理由。

「我會回去。」

評審意見

全篇聚焦於疫情穩定後，該不該回家這件事發揮，充分道盡親子間的情感表達。作者以流暢乾淨的文字，訴說自己和母親之間親密又疏離的關係，不好說出口的依賴與愛，在那句「媽媽我愛你。P.S. 這是學校要我們寫的」的紙條中表露無遺，讀者藉此明瞭作者的難以啟齒、自覺讓母親失望的過往，但結尾的那一句「我會回去」，表明了不再猶疑的心，扣緊題旨，也令人動容。——李欣倫

得獎感言

說實話在得知獲獎時，我震驚的愣了至少十秒，其中一部分原因當然是對自己的不自信，但最主要的卻是，我從來沒想過自己會因爲寫下與母親的故事而得獎。

當初看到徵文主題時，想到了那段時間恰好決定要改變與母親的相處模式，不希望再有任何機會看到她失落的樣子。也許是爲了下定決心，寫下了這篇更像是給自己看的散文。

現在看著入選訊息，自己都覺得有些好笑。看來這下完全沒有藉口再逃避訴說自己的心情了。

佳作

九點四十五

簡亞言

圖／Sonia

得主簡介

一個平凡的心理系學生，視觀察人間萬物爲興趣，沒有過度渲染的文學技巧，只將過度的情感宣洩於白紙上，看著白紙上的黑色，在最後一滴淚從心頭落下後，成爲點亮世界的情緒。

她總是愛用電話和訊息吵著我。

每天晚上九點四十五分，電話總是準時響起：「兒子，回到宿舍有沒有洗手，到外面口罩要戴好，聽到了沒？」

重複了無數次的句子，每個停頓、每個起伏都早已成爲了耳朵的專屬記憶，而早已被一整天課程疲勞轟炸的我，只想趕緊閉起耳，讓腦袋獲得一絲絲寧靜。

「聽到了，我還年輕，哪那麼容易被感染，一直拿酒精在外面噴會被同學看笑話的！」我無力地重複表明每天都在講的話。

「有什麼好笑的！保護好自己最重要，管別人幹什麼……」她越講越氣憤，越講越激動，但我這裡早已安靜了下來。

空留手機還在不停震動，螢幕上顯示最熟悉的名字，和通訊軟體上的一句「唉」。

五月二十一號禮拜五，晚上十點的我，看著手機上沒有通知的黑色畫面，我感覺怪怪的，只好點開與她的對話框，打了一句「我買書的錢沒了」。

十點半，傳來了一則匯款通知，那是沒有溫度的一串數字，熟悉的銀行通知聲，熟悉的帳號，熟悉的多給兩百，但卻有著不熟悉的冰冷。

又看了毫無動靜的聊天室三十分鐘，我忍不住打了過去，響了一聲，兩聲，卻傳來被掛斷的聲音。

「今天不能講電話，我喉嚨不舒服，一直乾咳。」這段話並沒有爲聊天室帶來生機，反而帶來了慌張。

眼睛掃著這段話的關鍵字，喉嚨不舒服、乾咳，每天新聞驚悚的標題出現在她的話裡，所有的理性瞬間蒸發，我趕忙打給其他家人，連忙問了狀況。

「她已經好多天都在咳，她很害怕自己確診，但我們已經逼她明天去醫院了，明天再跟你說狀況。」

我掛上電話，眼神早已失了焦，無數個疑問衝上腦門，卻也只能等待。

隔天接到電話，幸好是胃食道逆流導致的乾咳，不關新冠病毒的事，只要吃藥就可以控制下來，我才放鬆下了一夜沒睡的眼。

「你看我保護成這樣都會害怕，你還敢說你不想噴酒精洗手，是不是欠罵！」

「好！我知道了，我會好好的保護自己。」我微笑地說出這些話。也是第一次這些話成為了悅耳的聲音，也改變了固定爭吵的結尾。她總是愛用電話和訊息吵我。

吵著用關心來說愛我。

評審意見

這篇文章取了一個看似平凡卻意味深長的題目，「每天晚上九點四十五分」這個固定時間，分隔兩地的母子以電話、訊息聯繫溝通。母親日復一日重複叮嚀，聽在兒子耳裡卻宛如噪音，這或許也是許多母子的日常狀態。文章的轉折在於一則手機的匯款通知，這串數字是帳號與金額，然而母親卻表示無法講話——得知母親的咳嗽症狀使得兒子相當慌張。文章結尾確認母親並未染疫，然而敘述者已經擔心到一夜無法安睡。兒子對母親的關心，盡在不言中。「九點四十五」，語氣平淡流暢，道出了最瑣碎也最幸福的親情日常。——凌性傑

得獎感言

很感謝這次聯合報與台灣房屋聯合舉辦的親情文學獎給予我的文章肯定，我想在疫情流行時期，社交距離強迫拉開了我們與外人的連結，少了口罩下的笑容，與同桌吃飯的權利，但家中成員彼此間的距離卻被拉緊了許多，偶爾耳邊的嘮叨與關心，即使用最煩躁的口氣說出，卻帶有著最眞摯的情感，透過這次文學獎的舉辦，我相信不只我，所有參與者與讀者都會重新思考究竟疫情中的溫情存在於哪，或許就在那聲「戴好口罩！」裡吧！

化療

佳作

魚的腳

圖／喜花如

得主簡介

本名齊家敏，2000 年生，正在努力成爲 13 歲願望中的自己，並期望每天平安喜樂。
現居能遠眺太平洋的地方，還想去不同的城市旅居，執筆看世界，或讓世界代我執筆。

二〇二一年的五月，震驚的消息與每日增多的本土案例一同襲來，我靠在房間門樑，聽著母親略顯急躁的語氣，以及父親無力的答音。那些聲音明明從唇中細小而出，在我耳中卻鏗鏘有力，如戰鼓齊鳴。我似安逸多年的邊境鎮守部隊，被突如其來的攻勢擊打，潰不成軍。

父親的癌細胞銷聲三年，在我們適意消遣時，竟靜悄悄轉移至肝臟。而且數量眾多，無法倚靠手術切除。

我們花了三年努力恢復平穩的生活，卻又於一夕間打亂攪和，在天昏地暗的世界裡扭曲成團。

疫情嚴峻，學校紛紛改為線上上課，於是我得蜷曲於家鄉被窩中。而這一窩卻窩了四個月，只為躲避混亂的世界。

自從上大學，已三年未長時間待在家了。也因措手不及與突如其來，我才有機會聽見父母的交談，才有機會沿著門樑滑落、跪坐地面，不至於遭家人隱瞞。

回家的第三天，父親從醫院領回了檢查報告，我不清楚上頭寫了什麼，但從他的沉默不語與母親小心翼翼的追問，仍能略知一二。

我們家曾經的惡夢回來了。

然而這次，世界卻與我父親一起生病。

曾以為能躲藏起，以為我們能置身事外，以為我們能就此安生。

但仍被悄悄靠近的病毒攻擊，無法倖免。

父親開始長期化療抗戰，台灣也正在面對前所未有的景況。

街道安靜許多，人們學會沉默不語，媒體學會小心翼翼追問，害怕一個不小心破壞得來不易的向心力。

全部人都屏氣凝神，等待世界康復，等待黑暗後的第一道曙光。

這確是段黑暗的時光，但正因為如此，父親得以在家辦公，減少外出的風險，五倍券則減輕了自費化療的壓力，讓我們在緊迫的生活底下短暫歇憩；母親的工作停歇了，卻也多了照顧父親的時間；我也藉此機會回家，在家人最需要時彼此陪伴。

屬於世界的化療，也屬於我們。

疫情讓人生厭，卻也令我慶幸。

如今半年過去了，十一月的台灣，已經連續多個星期本土案例為零。世界終會在治療下康復，回到我們熟悉的樣子。或許疾病難以在短短幾年內完全消失匿跡，但肯定會一步步變好的。

而我的父親肯定也是。

這次有世界陪他一起康復。

評審意見

本文描寫作者在防疫期間暗中得知父親病情惡化的故事，雙寫生病的世界與再度生病的父親，對比行文又類比書寫。面對突如其來的兩個噩耗，文中沒有消極悲觀，也沒有憤怒控訴，而是以理性的思考（無人能躲開病毒的攻擊）與感性的盼望（等待世界與父親的康復），表達面對災病的樂觀精神，頗有福禍相倚的哲學況味。作者文筆穩健，意象不俗，短句尤其精采，營造出節奏疏朗又有力道的文字風格。——張輝誠

得獎感言

謝謝評審們給我這次的機會。

從五月至今，花了許多時間、眼淚，自我催眠。寫作過程中，反覆提筆，反覆空白。今年是個特別的一年，我喜歡的歌手曾說：「有時候你會發現，擊垮你的不是事情，是情緒。」縱然疫情與病情的康復尚需時間，仍願我們在迷茫混亂的生活中，也不敗給情緒。

謝謝台灣房屋和聯合報，謝謝在疫情底下努力的人們，謝謝我們彼此相愛，願一切都盡快康復。

佳作

無盡的愛

林亮語

圖／ Dofa

得主簡介

出生台中，現就讀清華大學。喜歡狐狸、藍莓、冷笑話，不喜歡雨天；在人間闖盪 18 年，也開始喜歡上生活和世界。

病毒挾著恐懼蔓延，人們戴起口罩宛若頭盔，眉目掩護逃竄的眼神，眼神中有驚怖；隨身帶著酒精像是武器，以防未知的襲擊，一有人走近，便死死握住瓶身，瓶身上滿是冷汗。走回家的路上，疫情下的路景像壞了的幻燈片，我就這麼一階一階踱進夜裡似的，淒迷而沉鬱……沉鬱的盡頭是灰黑色的水泥房子，門前躺著揉皺了的口罩，藍色的布料上覆著破碎的泥砂與憧憬。

家中的每個人都是情緒關係中的兩端，互相拉鋸、傷害卻渾不自知。「我是爲了你好！」母親扭頭就走，房門在我身後重重甩上；「我在開會所以沒有接到電話，很難理解嗎？」「是啦！都是我多管閒事！我跟你道歉啊！」父母對峙在客廳，怒目瞪視著對方。我在進校門前轉頭向父母咆哮：「我以爲你們很在乎我學校的每一個活動！」內疚、懊悔與自責，層層堆疊心上是會發酸的。成爲大學生後，學校一宣布實體上課，我立即決定負笈北上，鬆開上銬與被禁錮的雙手，並且掙脫。

初時，我的確享受到了離家後寬廣的天光和海浪；直到施打了第二劑疫苗，才使我勾勒從未有過的「家」的容貌。和同學約好了到校外診所接種，殊不知半天不到，劇烈的副作用便接踵而來。當父母雙雙向公司請假，趕到宿舍來接我回家時，我一度沒有力氣走下床；回到家後，也整天醒醒睡睡，模糊中見到父母不時微啟房門，看我清醒與否。神智清楚後，我循著愈趨濃醇的香味來到廚房，見到母親正忙碌的煲燉雞湯、烹調菜餚，爐上同時有三個鍋子在燒。開飯時，豐盛的料理一字排開，雞湯乳白色的蒸氣一蓬一蓬，遮不住全家人對我真心的笑容——那一刻，甫入口的湯暖進了心裡。我驚覺：自己一直對家人抱有太高的期望，認爲偶爾的摩擦是關係中無可癒合的裂隙，然而，此刻我所感受的，不就是最充實的愛嗎？自此，我重新看待自己與家人的關係，並承認、理解、接受我「家」的模樣。

疫病肆虐，隱形的魔鬼匍匐在指尖、氣息，隨時要強行闖上發亮的眼睛；但永遠會有一幢房子在我的心裡紮根、佇立，抵禦這灰濛濛的世界，陪著我到時間的盡頭。

評審意見

本文以對比方式描寫兩幅家庭圖像：疫情爆發前，作者急欲掙脫家人相互指責咆哮的家；接種疫苗後，卻感受到家人對自己的細心呵護與溫暖照料。施打疫苗產生副作用是轉折的關鍵，讓作者體會到全新的家庭容貌、獲得全新的觀點，而能以更包容的心接納並理解自己家的獨特模樣。作者以流暢的文筆、合適的意象經營，寫出了多數家庭可能共同經歷過的親情覺醒體驗，在艱困的大環境中刻寫一幢堅定不搖的房子，在心中。——張輝誠

得獎感言

得獎消息傳來，覺得相當興奮和感激。興奮在於獲得肯定，感激在於身邊發生的人事，竟然能幻化爲文字裡的場景，溫馨地交織上演。病毒流行的當口，眼見台灣似乎要進入下一波疫情，衷心希望所有人能平安度過，長保寧靜安康。憂鬱會有盡頭、疫情亦有終焉，但彼此關心互助的愛能超越時空，在最險惡的年光中，向我們展示永恆。

佳作

我心中的女戰士

葉育伶

圖／Betty est Partout

得主簡介

華僑高中二年級學生，平常喜歡拍照看詩和對著窗戶發呆，雖然是說對著窗戶發呆，可窗戶外的那陽光，一瞬間的明亮與黯淡總能激發我的靈感，讓我的文章又多添幾分靈動。

不安如疫情蔓延擴散爆發，許多人之間多出除了心牆以外的隔離病房，你在這一頭，他在那一頭，彼此相望，彼此卻無法相近。

手機新聞不斷跳出疫情最新消息，是幾個人染疫，死亡人數又是多少，喪禮不斷延期，婚禮無法舉行，活動被迫取消，見面以口罩相待成了如今的基本禮貌，而站在最前線的醫療人員，也早已極盡癱瘓，而去年五月來到了疫情高峰。

我靠在媽媽的肩膀上看著家族群聊，上面打著的是「三妹說她不回來看爸了，同事接觸到了感染者」，看到這裡的我有些沉默。訊息上面的三妹指的是我三阿姨，從我有記憶以來，我的三阿姨就常常忙得腳不沾地，她是站在最前線的戰士，時常會因爲醫院要求或者病人過多而沒辦法回來看外公，在五月疫情爆發後，她所處的醫院更是爆滿了確診病例，那種忙碌，身在遠處的我都有所感覺，而且這次情況特殊，本身就是單親媽媽，一人要支撐一個家庭，且又因爲住的遠，所以不像我的其他阿姨一樣可以天天回去看我外公，所以每次只要有家庭聚會，我們都會儘量配合她的時間，而她也總會儘量以她的能力所及來關心我們，可是我又有多久沒見到她了呢？

叮咚兩聲是我的小阿姨傳訊息來了：

「有時間去關心一下你三阿姨。」

我已讀了這句話，因爲我實在不知道要以什麼語氣去回，又或者以什麼身分去說，所以我反反覆覆的點開聊天程式又反反覆覆的關掉，最後選擇和表妹說：「幫我和你媽說注意安全。」

「好。」

前面的心裡掙扎，或許是覺得阿姨會沒事沒必要講，又怕這是最後一次，所以最後我選擇了折衷的方式，請表妹代爲轉達……畢竟有許多人連最後一次說話都是倉促的消失在夜色之中。

評審意見

疫情高峰期間，醫護人員擔負艱鉅的任務，承受極高的傳染風險。題目中的「女戰士」，指的是敘述者的三阿姨正在爲防疫工作奮戰。這位三阿姨是個單親媽媽，因爲同事接觸到感染者，暫時無法出席家庭聚會。作者筆下的家族群聊，呈現血緣親情的羈絆，以及溝通方式的百轉千迴。這樣的觀察視角非常細膩，也非常準確。小阿姨提醒敘述者關心三姨，但敘述者並未直接表達關懷，而是請表妹代爲傳達。此中有許多憂懼、許多說不出口的話，也有飽滿的情感張力。——凌性傑

得獎感言

其實一開始我是不知道有這個比賽，是我的老師把比賽內容傳給我，和我説如果可以的話就去參加看看，我那時候就很認眞的看了一下比賽內容跟規則，説實在有點緊湊，因爲老師傳給我的時候，這個比賽已經要接近截止日期，但我實在是不想要放棄這次的比賽資格，所以我就逼著自己在兩天內把文章生出來，然後又修修改改，在比賽截止前幾天讓我的媽媽去幫我寄出去，一開始我也沒想著要得獎，就是試試，但最後得了，我只能説十分感謝。

佳作

凜冬的號角

李茜芳

圖／豆寶

得主簡介

就讀台中女中二年級，喜歡文字與圖像創作，以梳理因課業壓力而紊亂繁雜的情緒。認爲圖像是內心所見所想的具象化描繪，文字則是賦予圖像的詮釋。不斷試圖創造可以使人們有些共鳴的文字和畫作。

冬天來了，它喜歡以懾人的姿態登場。颯颯的風聲是吹響的號角，不留情面地拍響在陽台的窗戶上，幼時總覺得怪嚇人的。如今東北季風十年來如一日的咆哮之於我早已聽得習慣，一首專屬於冬日的背景音樂。

直到一場瘟疫的爆發，打破了人們原本的生活模式，也打破了一些固有的思維。

新冠病毒迅速蔓延全球，人們猝不及防，造成大量人口死亡。政府也制定政策，盡可能減少人流的接觸。我們被迫足不出戶，此時蟄居在家才是上上策。四季的流轉變得緩慢，冬季似乎也因此變得特別長，在耳畔不間斷的低號更顯猖狂。

當時的我常抱怨疫情期間待在家中一成不變的日子，鎮日坐在案前也使身形變得鬆弛。每天的例行公事像流水帳，在行事曆上草草記著，習慣也在無形中成為傳統。早上吃父親買的麵包，入夜全家聚在一張餐桌共進晚餐，冬天更會有一鍋火鍋。這樣五個人分享的感覺對我來說已經成為一種儀式：歐式麵包要切五片、豬排要分成五份、豆腐要丟五塊、水晶餃要煮五顆……「五」儼然成為日常的代號。

逝去的歲月好像被撕去的日曆紙一般隨興，也不覺自己的生活有什麼不同，所有吃住都存在得理所當然。天真的我以爲所有的孩子都過著像我一樣的生活：一樣隨興、一樣平凡。

是在公民課上被震懾。那時還在學校上課，公民老師提到美國還有許多家庭沒有自己的房子，必須在路邊搭帳篷，以作爲臨時的居所。看著那些蹲伏在帳篷裡的孩子，那聲颳過氣密窗的號角不再只是凜冬將至的宣告，更多是指出我有個溫暖的家的幸福，還有家人替我準備的晚餐，以及他們的陪伴。

其實不是每個家庭都有辦法一起吃晚餐的——我也是後來才知道——也許是因爲補習、也許是因爲家庭情感不睦，家人總各吃各的。

在諸多的衝擊與發現之後是對家庭的珍視與滿足，一瞥火鍋裡的魚丸：一、二、三、四、五，不禁會心一笑。每天都在吃團圓飯呢，這是何其幸福的事。

東北季風仍肆意咆哮於樓間，卻將屋內襯得更溫暖。

評審意見

這篇小品寫疫情下的親情。疫情改變了人類的生活模式，也改變了家人的相處方式，一日三餐最能體現這種轉變。早餐吃父親買的麵包，晚餐一家人團聚，天冷吃火鍋，不是各吃各的，家的意義便是如此。作者以「五」這個數字寫五口之家的飲食，歐式麵包切成五片，豬排分成五份，豆腐放五塊，魚丸五粒，水晶餃五顆等，很特別的觀察角度。前面三段與內文無甚相關，應可再濃縮，或者也可以考慮以「五」爲題目的一部分，寫來焦點會更集中。——鍾怡雯

得獎感言

寫文章之於我像把梳子，爬梳心中的五味雜陳，將其理成流暢的文字。寫作的靈感多來自生活中的小事或小物，再加入自己的情感加以渲染。而能以自己習慣的手法創作並受到評審老師的青睞，我覺得非常榮幸。期許自己的創作能找到屬於自己的風格而有所突破，感染更多的人。

佳作

貓爪痕

陳以路

圖／陳完玲

得主簡介

我是普通的高中生，不愛複雜的人際關係、行程緊湊的活動，我偏愛邊走邊看、將步調放慢；靜靜感受這個獨特的世界，不是人人都帶著特別出生，但每人都能在生活中汲取環境中的特別，和我一樣將心靈重塑，使其布滿靈感。

喀拉喀拉——清脆的鑰匙聲填滿整個客廳，幾秒鐘後「我回來了，吃飽飯了嗎？」這聲招呼和母親身上的強烈消毒水味一起瀰漫出來。按照她平常到家的慣例，門外酒精消毒腳底、消毒全身，門內清洗雙手、換下衣服，一邊動作一邊大聲喊：「口罩一定要丟到陽台的垃圾桶，不然會很危險！」最後坐在沙發上仔細地消毒手機。從流浪貓之家返家的母親惦記我們的健康，但每日在外奔波的她，又有誰能說服她好好待在家呢？

我的母親保護浪貓邁入第七年了，從一開始在野貓聚集處放置飼料和飲用水，到現在前往流浪貓之家打掃環境及餵食。我也被迫「與貓同行」，母親叼我一起打掃貓舍，排泄物混合著刺鼻的貓砂味幾次衝進了我的喉嚨使我乾嘔，看著母親就算膝蓋受傷也準時報到，不懂她怎麼能甘之如飴。高中課業變重，我終於逃離這樣的苦差事，但對母親工作的厭惡隨著她手上的爪痕增生。

衝突搭配每日下午兩點的疫情直播背景音發生，瞥見母親手上的舊疤又多出新的幾道爪痕，我已無法忍耐：「妳不覺得現在一直外出很危險嗎？」

「那些貓咪沒有我是不行的。」

「這個家沒有妳也是不行的！」或許是青少年的叛逆，我想說的這句被我吞了下去。我衝出口的是：「妳根本不在乎這個家！」

這次爭吵像是夏天的午後雷陣雨，劇烈雨勢伴隨著轟然雷聲，最後只留下溽濕的啜泣和沉重的寂靜。莫名的難堪和錯愕感追逐著我，使我奔回了房間、鎖上了我的門，試圖讓自己不要聽到那哭聲，那因爲我的莽撞造成的哭聲。

慌不擇路下我躲進了夢裡，迷迷糊糊醒來已經是傍晚了。我小心的打開了房門，母親獨坐沙發上，我看見那雙布滿貓抓痕的手，爪痕下的肌膚不知何時覆上了乾燥網紋，錯雜一條條滲血的裂痕，殘留著消毒水味衝進了我的喉嚨，使我哽咽。那是奮力照顧流浪貓又盡最大力量保護家人的痕跡，我看見那努力在浪貓和家人之間取得平衡的母親，一瞬間覺得我是那麼的幼稚就像玩著無聊二選一的國中情侶。

我握住那粗糙的不符合母親年齡的手，抹上乳液。

「媽……」「沒事的，讓妳擔心了。」

評審意見

這篇文章具體說明了一個屋簷下的難題：究竟家人重要，還是其他人甚至貓狗重要？尤其在疫情的變動下，更顯尖銳。作者以生動的細節、對白，敘說了一個常見的家庭衝突，那句「你根本不在乎這個家」的怒吼，在疫情期間被放大，真實表露了家人之間對於選擇這件事的不同調，以及由此蔓生的複雜情緒。雖然最末的轉折與和解來得突然，也不影響文字所召喚的深刻情感。——李欣倫

得獎感言

首先我感謝台灣房屋和聯合報舉辦文學獎、感謝評審老師的肯定，再來我感謝晨晞老師在課中所教導的散文架構和技巧，這使我受益良多。

本次我選用的主題出自我母親的特殊職業——流浪貓之家志工，本次散文不僅揭露我隱藏在心中的結痂，也使我回憶起青春期那笨拙的叛逆，原先因爲透露結痂的羞澀感，我一直思考是否要將此事當作主題，但在讀完林佳樺所著的《當時小明月》中〈文學拐杖〉後，我理解寫作應該爲自己而寫，不該因爲害怕裸露眞實的自我，而使散文喪失原先想表達的情感，這次的散文我藉由展現自己的結痂與自己和解，並且實踐爲自己而寫作的目標。

佳作

回家

王上文

圖／蛋妹

得主簡介

我是王上文，是一個牙醫系的學生；曾經有個作家夢，喜歡寫小說在班上傳閱。很開心寫出來的故事有人看，也從寫作的過程中放下不愉快，記住快樂；文字總是有魔法的，希望大家也能享受每個文字想傳遞的訊息。

三級警戒的宣布，正好時值房屋續租的時間點，對於已經返家的學生而言，在無法與房東和室友見面的情形下，溝通無疑更加艱難；簡訊傳達的文字能被加諸太多情緒，造成說不清理還亂的誤會，導致分道揚鑣的結果。無奈、租約的緊迫與日漸升溫的疫情交織在一起，成了一張我自己解不開的網，將我吊在空中晃盪。

在事情發生之初，總認爲已經成年的自己，必須有能力處理租屋事宜，而選擇獨自面對這件事情；很快地，我體會到在三級警戒的情況下，退租與尋找新住處是多麼困難的事情。疫情推遠了人與人之間的距離，使我們害怕與陌生人接觸；口罩、社交距離，讓我們看不清對方的面貌。搭乘大眾運輸工具往返租屋地成了高風險的舉動，看房、會面新房東變成令人擔憂又緊繃的事情。

我在網裡掙扎，卻怎樣也逃不開這個難題。有兩雙手在我徬徨無助的時候，伸手解開了網外的繩結，將我接住，並牽著我的手往正確的方向前進。父親爲我三次騰出時間，驅車載我往返租屋地，再趕去工作，解決我搭乘大眾運輸工具問題；母親則是將自己投入疫情的風險之中，從找新的租屋處，到看房，再到與新房東簽約都全程陪伴，舒緩了我與陌生人接觸的恐慌。

與租屋處道別的那天，我站在客廳恍忽地看著父親與房東交涉，疫情之前的往事在我腦海中一一浮現，與室友的笑語歡歌、照顧扶持是曾經發生在這屋子裡的美好，我才剛從這裡獲得家的感覺；然後，一切就隨著三級警戒返家後的誤會，畫上休止符，突然覺得寂寞又無助。

「走吧！我們回家。」父親向我走來，順手將退租切結書遞給我，往停車處走去。我捏著充滿房東指印的切結書，看了這幢房子最後一眼，轉身加大步伐，跟上父親的背影。打開車門，迎接我的是母親一個可以填補所有空缺的擁抱，「沒事，都結束了，還有我們陪你。」原來，被父母保護在身後的感覺，是如此的踏實溫暖；在父母面前做回孩子，也是理所當然。

父母牽著我的手，走過疫情裡的小插曲，走過疫情，走回家。

評審意見

這篇「回家」用樸實淺近的文字，寫出了有家可回的幸福感。敘述者在疫情三級警戒期間遭遇到房屋續租的難題——人與人無法面對面說清楚，導致溝通障礙。敘述者以爲，成年的自己有能力單獨處理退租與尋找新居，但其實自己仍然需要被接住、仍然需要親人的幫助。作者非常精確地點出租屋者的無奈，租約結束就得搬遷，美好無法長留。正因爲這樣的處境，深深體會到父母親提供的庇護才是眞正的家。回到可以讓人安心的地方，那或許才是「回家」的眞義。——凌性傑

得獎感言

首先，很開心台灣房屋和聯合報舉辦了這個徵文，讓從國中以後除了考試作文沒寫過其他文章的我，重新寫一片自己喜歡的文章，不再需要起承轉合、正向的結尾，只是簡單的跟大家說我的故事。再來，感謝那些幫我修過文章的同學們，沒有她們的幫忙就沒有這篇故事。最後，感謝參與這個故事的所有人，無論是傷害我還是幫助我的人，感謝他們在我的生活中留下了一個可以抒寫的故事。

新口罩

佳作

李佳怡

圖／想樂

得主簡介

李佳怡，2005 年出生於桃園市，來自都市裡的一個小鄉村，正值二八年華，希望生活中的美好可以隨時被記錄下來，喜歡的事情是悄悄觀察每個人在做什麼。

文筆不太好沒有得過什麼獎，但依舊熱衷寫作，因為文字是我的靈魂。

疫情肆虐那時，人心惶惶，口罩成了搶購之物，每盒的價格幾乎都被哄抬。父親是個節儉之人，所以他只願意買政府每日限額的口罩。

剛開始實名制，一個星期每人限額兩個，那時無論一家大小，每個人都將臉上的那片口罩好好珍惜，深怕汙損了口罩。拿我來說，我一回到家的房間，就拿個盒子把今天的口罩好好的放在裡端，因為明天還要戴、後天還要戴，這個禮拜都要戴。直到疫情漸緩，口罩供應沒那麼緊縮時，我才每天換掉一個。

但我發現父親並非如此。他依舊和疫情肆虐的那段期間一樣，口罩戴到表面都起了絲。我忍不住跟他說現在口罩有很多，不用再省了，而且這樣防不了病毒，但父親卻回我哪有省。

哪有省？仔細地思考，的確，他好像就只是一如往常那般，他從來都不喜歡換新的東西。

一個皮夾邊緣不僅磨損得嚴重，甚至還開始出現小裂口，但他就是不換；一件鋪棉外套，外套表層的皮開了一道大裂縫，棉花肆意地從裡端冒出來，他只是把放肆的棉花往裡頭塞一塞，繼續穿在身上；一雙潔白乾淨的新鞋子，我從未在父親身上見過它的蹤影。

是啊，每樣東西他都是如此對待，有時候我很納悶這麼省吃儉用的目的是什麼，我們家也沒因為這樣而儲蓄到一筆小財呀？

但似乎我跟妹妹用的東西都是新的：新的鞋子、新的衣服、新的手機。興許父親不是不喜愛新的，只是總在無意中把最好的留給我們。在這疫情期間，我才頓然意識到父親那含蓄的愛，都遮掩在瑣碎又不起眼的小事中。

「爸，口罩還是要每天換啦！不然病毒會……」父親打斷我的話說著：「哎呀，好啦好啦，這麼『討債』！」

評審意見

簡單幾筆描寫父親節省的習性，皮夾磨損有了裂口不換，衣服穿久破了繼續穿，父親總是使用那些舊的壞的物品，捨不得丟。再對照他給孩子所用的，新衣服，新鞋子，新手機，什麼都是新的。這是爲人父母對孩子愛的表達方式，也是許多人共同的經驗，很能引起共鳴。雖然是短短小小的幾個情境，也能勾勒親愛的情意。——蔡逸君

得獎感言

很榮幸也很開心自己的作品能受到青睞，我很喜歡將身邊所發生的小事都寫成文章，類似於記錄生活，而所寫出來的作品也是生活那些不起眼的事。

寫作永遠會是我所熱愛的事，感謝我的家人給予我寫這些故事的機會、感謝評委們的欣賞、感謝文字帶給我那麼多力量。

寫出這篇故事是想請父親母親把過於節省的習慣改掉，對自己好一點，稍微「討債」點也無妨。

二〇二二
第二屆台灣房屋親情文學獎
學生組決審紀要

時間：二〇二二年一月十五日下午三點半
地點：Google Meet線上視訊會議
決審委員：李欣倫、張輝誠、蔡逸君、鍾怡雯、凌性傑
列席：宇文正、王盛弘
吳佳鴻／記錄整理

本次徵獎學生組共來稿五十六篇，複審委員認爲本次參賽作品文字使用踏實，情感亦較直接眞誠，除此之外，作品中也較少教師介入的痕跡。參賽諸作往往能從日常生活的細節中發現有趣的事物，並能結合疫情時代的經驗，思索家庭親情在例外狀態下的不同面貌與意義。

決審委員共同推舉蔡逸君擔任主席，主持本次會議。首先由決審委員各自對參賽作品提出總體評價，再由每位委員選出六篇最佳作品，並依據票數多寡進一步決議。

整體意見

張輝誠認爲本次參賽作品多較素樸、較少加工痕跡。除此之外，在敘事與抒情的比重拿捏上較爲兩極，往往敘事繁多而略於抒情，又或是抒情時雕琢過度，而缺乏敘述描寫。大抵而言，情感都頗爲眞摯。其中有幾篇作品，能從較特殊的角度、事件或情感切入，不只泛談親情，而能切合具體經驗和瘟疫蔓延的全世界，就讓人耳目一新。除此之外，能否寫出情感的穿透力，引起共鳴，也是得獎關鍵。

鍾怡雯坦言本次參賽的學生組作品，因爲題材上十分集中於親情與疫情，作品間程度差異亦不大，導致評選上頗有難度。也由於是素人寫作，往往較少修飾，但是文學仍需要有一定的文學感，而若能從較特殊的角度切入，則更容易獲得青睞。

凌性傑則指出參賽作水準相當接近，因而必須有記憶點或鮮明的個性，才容易脫穎而出。有許多篇都寫到飲食，而三級警戒時長時間的家居飲食，帶出了各種不同的親情樣貌。參賽文章多具素顏美，眞誠之餘，除了呈現親情與疫情的磨難，有的文字更具正向能量，能鼓舞人心，相當可貴。

李欣倫觀察到部分作品寫出疫情不僅是危機，也可以是契機，讓人得以反思家庭中的衝突，用不同角度體會父母的溫情；也有一些將疫情淡化爲背景，而更多著墨於和家人的相處點滴。雖然部分寫作者稍具作文習氣，或是傾向陳述概念化的大道理，因而削弱了文章的渲染力。但大抵而言，不少作品能聚焦在一二細事，體察和親人間的相處片段，並在疫情之後對親情有更多體會，是作品中值得肯定之處。

蔡逸君則認爲，疫情在本次徵獎中占了不小比例，但「親情」仍應該是親情文學獎的核心，因此能否在文字中探索出親情的複雜性，從愛到親情關係中複雜的糾葛、快樂、悲傷與鬱結，將是得獎的關鍵。

第一輪投票

◎一票作品

〈杳蝶〉（張）

〈我心中的女戰士〉（凌）

〈回家〉（凌）
〈你〉（鍾）
〈新口罩〉（蔡）

◎二票作品

〈通風〉（蔡、張）
〈封鎖〉（李、張）
〈回家〉（李、蔡）
〈化療〉（張、凌）
〈無盡的愛〉（鍾、張）

◎三票作品

〈九點四十五〉（蔡、鍾、凌）

〈後盾〉（李、蔡、鍾）
〈從外婆家到外公家〉（李、蔡、鍾）
〈凜冬的號角〉（李、鍾、凌）
〈貓爪痕〉（李、張、凌）

一票作品由各篇投票評審評議是否淘汰，決議是否保留（列爲佳作）

一票作品討論

〈杏蝶〉投票評審考量後決議淘汰。

〈我心中的女戰士〉凌性傑認爲本篇以醫護人員爲題，刻畫親人間不直接溝通，而是轉傳訊息，藉由此一細節，勾勒出家人間情感表達的間接與曲折，簡單但頗有意趣。鍾怡雯也表達贊同，本篇予以保留。

〈回家〉，凌性傑指出題目雖弱，結尾亦較多餘，但租屋者心聲是好的切入點，整體簡單且有力量。獲得評審凌性傑支持，入選佳作。

〈你〉投票評審考量後決議淘汰。

〈新口罩〉，蔡逸君認爲文字簡單清楚，而能從細微處寫出親情中的付出與關愛，直接可愛，雅俗共賞，鍾怡雯也推薦列爲佳作。

二票作品討論

〈通風〉

張輝誠認爲本文從冷漠對待家人到主動關心，在疫情中體悟家庭疏離，並反思過往視而不見的親情關係，有很好的體悟。「通風」是很有趣的意象，文章內容跟題目也很搭配。蔡逸君表達贊同，指出篇幅短的文章尤重擬題，而本文的題目就高人一等。除此之外，文中也具有層次感，是一篇好的作品。

〈封鎖〉

李欣倫認爲布局結構較具設計，描寫母親窺看等等細節亦豐富，描寫具有攝影感，亦能注意到家人間迂迴的表達。比起其他作品，在文字使用上顯得更加細緻。張輝誠也嘉許本文能跳脫命題作文框架，有特殊切入點。除了主題明確以外，對細節的掌握，以及對母子間交互窺看的描摹，都寫得相當出色流暢。

〈回家〉

李欣倫認爲讓人動容。文中聚焦疫情當下是否應該回家的抉擇，在流暢的敍事之中，既能寫出內心的轉折，也能有條不紊勾勒今昔對母親的情感。文中有一個細節是寫了「媽媽我愛你」，還加註「學校說要寫的」，是非常眞實也動人的細節。蔡逸君相當同意，認爲台灣的親子互動往往是不敢開口、對於情感表達較爲隱誨，而這句附註的「媽媽我愛你」，精準捕捉到台灣家庭的親情味道，打動人心。

〈化療〉

張輝誠相當激賞，認爲文中既敍述父親的病況，又巧妙將父病與世界的疫情連結，最後揣想世界陪著父親共同痊癒，可說結合正向思維與期盼。凌性傑則點出文中的家庭面臨沉重的困境，但在困厄之中作者提出彼此陪伴的解決方法，寫法雖然較簡單，而應該用暗示、比喻等方式或許能挖掘得更深刻，但整體而言，文中寫出相當不易的積極能量，父病與世界大病的連結也相當巧妙。

〈無盡的愛〉

鍾怡雯認爲本篇能從較獨特的角度切入，但一、二段寫得太過簡單與直接。第三段以降到結尾，則頗爲溫暖。文中寫到飲食把親情連繫在一起，是較好之處，但鍾怡雯也坦言本篇在她心目中名次較後。蔡逸君則肯定文中母親準備料理的一段較爲動人。

三票作品討論

〈**九點四十五**〉

鍾怡雯指出本文聚焦在親情的轉折，結合母親的病情與親情娓娓道來，雖然母子間屢有摩擦，但也在疫病中發現親子間隱藏的愛。凌性傑則直言很喜歡本篇的文字的正面能量，特別是在全世界都籠罩於疫病的困頓時刻。蔡逸君也肯定本文並不僅侷限在單一層次，而能寫出轉折與複數層次的複雜感，因而頗爲突出。

〈**後盾**〉

李欣倫認爲其特殊之處在於從旁觀角度切入，聚焦在身爲醫護人員的同事，從女兒做的、燒焦，看起來並不美味的便當，寫出孩子對母親的愛，以及疫情中親人不能時常親近的狀態。鍾怡雯相當喜歡本作，認爲描寫俐落，文字乾淨，題目也好，整體有設計感。蔡逸君也肯定其有情有思、簡單明白，不刻意描寫親情，而是通過具體的小細節打動讀者，十分出色。

〈從外婆家到外公家〉

李欣倫點評本作避免對疫情的刻意描繪，亦未造作奢言體悟，而是在苦難中提取生活中的鮮活回憶。文中描繪與外公外婆在大自然環境中摘菜，融入充滿畫面感的細節，相當獨特。鍾怡雯也十分激賞本作，認爲對鄉間生活的細膩體察、細膩乾淨的文字，以及和外公外婆的親情描寫，讓本作顯得突出。蔡逸君亦相當肯定，認爲本作發現了親情的不同面向。不同於常見的作法聚焦在衝突與苦病，而是間接寫出親情的溫馨與陪伴，題材也相對少見。

〈凜冬的號角〉

凌性傑指出雖然前三段較冗贅，但第四段後漸入佳境，文中辯證疫情下家庭的飲食既可能引起摩擦，也可以是幸福感的來源。相較於不能團聚，亦或是各自用餐的家庭，一家五口一起吃飯，就如同每日都吃團圓飯。細膩地寫出團圓的幸福感。

李欣倫認爲前三段太過概念化，但文章鮮活寫出飲食經驗，尤其什麼東西都要準備五份，堪稱具體生動，也寫出從不耐煩到正向體悟幸福的轉折，很有味道。鍾怡雯則補充文章雖好，但題目欠佳，或許可改成「五份」。

〈貓爪痕〉

張輝誠指出題材特殊，且能掌握細節。除此之外，能寫出從衝突、後悔、領悟到彼此關懷的轉折，讓人激賞，只是最後的轉折較爲突兀。

李欣倫提及本文以母親忙著照顧流浪貓，引起的家庭紛爭爲題材，可惜之處在於文章最後或許限於篇幅，匆促導向母子的和解。但是文爭的細節、衝突的對話，都描寫細致。

凌性傑認爲，疫情期間人容易放大自己的苦難，但本文反而觸及關懷更弱勢的流浪動物，但是關懷浪貓的善意，卻又引起家庭紛爭。這樣尋常的題材，其實也透露出作者的敏銳及細膩。和解雖然突兀，但尚可接受。

評審共同決議由三票作品進入最後投票，並依據票數多寡決定前三名。兩票作品則需得到三位評審的支持，方能進入前三名討論。

張輝誠提議兩票作品〈封鎖〉和〈化療〉進入前三名候選。張輝誠認爲，〈封鎖〉的文字舉重若輕，不渲染情緒，也爲堆砌敘事，卻能自然帶出情感，文字與細節皆佳，文字也帶有特殊的力量；〈化療〉則文筆穩健，寫出難得的樂觀和正向能量，值得肯定。經討論後〈封鎖〉獲得淩性傑、李欣倫兩位評審支持，進入前三名候選，〈化療〉未獲其他評審支持，列爲佳作。

第二輪投票

經充分討論後，評審決議〈封鎖〉、〈九點四十五〉、〈後盾〉、〈從外婆家到外公家〉、〈凜冬的號角〉、〈貓爪痕〉六篇進入最後投票。每位評審以六到一分（不重複），爲六篇入選文章評分。

投票結果：

〈封鎖〉 18分（蔡3、李5、凌3、張6、鍾1）

〈九點四十五〉 15分（蔡4、李1、凌2、張4、鍾4）

〈後盾〉 18分（蔡5、李4、凌1、張3、鍾5）

〈從外婆家到外公家〉 23分（蔡6、李6、凌4、張1、鍾6）

〈凜冬的號角〉 14分（蔡1、李2、凌6、張2、鍾3）

〈貓爪痕〉 17分（蔡2、李3、凌5、張5、鍾2）

依據投票結果，〈從外婆家到外公家〉最高分，列爲第一名。〈封鎖〉與〈後盾〉同分，評審們從〈封鎖〉與〈後盾〉各投一票決定第二名。其他篇則爲佳作。

第三輪投票

投票結果：

〈封鎖〉 2票（張、凌）

〈後盾〉 3票（鍾、李、蔡）

依據最終評選結果，〈從外婆家到外公家〉列爲首獎，〈後盾〉爲二獎，〈封鎖〉獲三獎。其餘十篇〈我心中的女戰士〉、〈回家〉、〈新口罩〉、〈通風〉、〈回家〉、〈化療〉、〈無盡的愛〉、〈九點四十五〉、〈凜冬的號角〉、〈貓爪痕〉榮獲佳作。

二〇二一第二屆台灣房屋親情文學獎徵獎辦法

宗旨：培養閱讀風氣，鼓勵愛好文學人士創作，發掘親情各種樣貌。

主辦單位：台灣房屋、聯合報

文類、字數：散文，五〇〇～八〇〇字為限（含標點符號）。

書寫主題：親情——瘟疫蔓延時

獎項及獎額：

一、社會組

首獎一名，獎金三萬元

二獎一名，獎金二萬元

三獎一名，獎金一萬元

佳作十名，獎金各五千元

二、學生組
首獎一名，獎金三萬元
二獎一名，獎金二萬元
三獎一名，獎金一萬元
佳作十名，獎金各五千元

應徵條件：

一、社會組：
凡具備中華民國國籍者均可參加，唯須以中文寫作。應徵作品必須未在任何一地報刊、雜誌、網站發表，已輯印成書者亦不得再參賽。

二、學生組：
凡具備中華民國國籍者均可參加，限高中職（含）以上學生、大專院校（含）以下學生，研究所學生請參加社會組，請附學生證正反面影本。須以中文寫作，參賽者應徵作品必須未在任何一地報刊、雜誌、網站發表，已輯印成書者亦不得再參賽。

注意事項：

一、每人以參賽一篇為限。

二、作品須打字列印（A4大小），一式五份，文末請註明字數；不合規定者，不列入評選。

三、來稿請以掛號郵寄（二二一六一）新北市汐止區大同路一段三六九號四樓聯合報副刊轉「台灣房屋親情文學獎評委會」收；由私人轉交者不列入評選。

四、原稿上請勿填寫個人資料，稿末請以另紙（A4大小）打字寫明投稿篇名、真實姓名（發表可用筆名）、聯絡地址、電話號碼、e-mail信箱、個人學經歷。

五、應徵作品、資料請自留底稿，一律不退。

評選規定：

一、初複選作業由聯合報聘請作家擔任；決選由聯合報聘請之決選委員組成評選會全權負責。

二、作品如未達水準，得由評選會決議某一獎項從缺，或變更獎項名稱及獎額。

三、所有入選作品，主辦單位擁有公開發表權以及不限方式、地區、時間之自由利用權。得獎作品將在聯合報家庭版（包括UDN聯合新聞網及聯合知識庫）及台灣房屋網站、聯副家庭好時光部落格。日後集結成冊發行及其他利用均不另致酬。

四、徵文揭曉後如發現抄襲、代筆或應徵條件不符者，由參賽者負法律責任，並由主辦單位追回獎金及獎座。

五、徵文辦法若有修訂，得另行公告。

收件、截止、揭曉日期及贈獎：

收件：二〇二一年十一月一日開始收件，至二〇二一年十一月三十日止。（以郵戳為憑、逾期不受理）

揭曉：預計二〇二二年二月底前得獎名單公布於聯合報家庭版。

贈獎：俟各類得獎人名單公布後，另行通知贈獎日期及地點。

詳情請上：

台灣房屋親情文學獎臉書粉絲團

facebook.com/familylovewrite/

或洽：

peiying.chen@udngroup.com

(02)8692-5588 轉 2235（下午）

聯副文叢

愛，是我們共同的語言2

：第二屆台灣房屋親情文學獎作品合集

2022年4月初版　　定價：新臺幣220元

編者	聯經編輯部
叢書編輯	黃榮慶
校對	陳姵穎
內文排版	烏石設計
封面設計	廖婉茹

出版者	聯經出版事業股份有限公司
地址	新北市汐止區大同路一段369號1樓
叢書編輯電話	(02)86925588轉5307
台北聯經書房	台北市新生南路三段94號
電話	(02)23620308
台中分公司	台中市北區崇德路一段198號
暨門市電話	(04)22312023
台中電子信箱	e-mail：linking2@ms42.hinet.net
郵政劃撥帳戶第	0100559-3號
郵撥電話	(02)23620308
印刷者	世和印製企業有限公司
總經銷	聯合發行股份有限公司
發行所	新北市新店區寶橋路235巷6弄6號2樓
電話	(02)29178022

副總編輯	陳逸華
總編輯	涂豐恩
總經理	陳芝宇
社長	羅國俊
發行人	林載爵

行政院新聞局出版事業登記證局版臺業字第0130號

本書如有缺頁，破損，倒裝請寄回台北聯經書房更換。　ISBN　978-957-08-6260-7 (平裝)
聯經網址：www.linkingbooks.com.tw
電子信箱：linking@udngroup.com

國家圖書館出版品預行編目資料

愛，是我們共同的語言2：第二屆台灣房屋親情文學獎作品合集/聯經編輯部編．初版．新北市．聯經．2022年．4月．204面．12.8×18.8公分（聯副文叢）
ISBN　978-957-08-6260-7（平裝）

863.55　　111003736